男色（疑惑）の王子様に、何故か溺愛されてます!?

登場人物紹介
CHARACTERS
オズワルド
セーヴェル王国の第二王子。
騎士団に所属している。
真面目で有能だが、ローズマリーに対しては
天邪鬼なところがある。令嬢達の間で、
「部下のエイブラムと道ならぬ恋を
育んでいる」との噂があるが……
ローズマリー・アルフォード
セーヴェル王国の侯爵令嬢。
オズワルドとは幼馴染み。
年上の男性にばかり憧れや淡い恋慕を
抱いていたが、とある事件をきっかけに、
同い年のオズワルドと婚約を結ぶことに
なってしまう。楽天家で思い込みが激しい。

クラレンス

オズワルドの兄にあたる、
セーヴェル王国の王太子。
穏やかな性格で責任感が強いため、細かいことで悩みがち。

ブラッドリー・アルフォード

ローズマリーの兄で王太子の側近。職務中はポーカーフェイスだが、おおらかな性格で妹を可愛がっている。

エイブラム・オルガレン

セーヴェル王国の侯爵にして
オズワルドの側近。
闊達な性格で
令嬢達から人気が高い。

ナサニエル・ガーランド

王城にある書庫の司書官。
本来ならもっと上の職種に就ける伯爵家の人間だが、訳あって書庫勤めとなっている。

エディス・アータートン

セーヴェル王国の子爵夫人。
ローズマリーとは親友。
明るくさっぱりとした言動が多い。

アスキス

セーヴェル王国の公爵にして
騎士団総帥。
短気でいつも眉間に皺が寄っている。

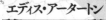

目次

男色（疑惑）の王子様に、何故か溺愛されてます!?

プロローグ

「ああっ、だめっ……そんな、奥……っ」

ローズマリーの悲鳴のような声が、室内にこだまする。

装飾をほぼ深紅で統一した室内には、淫靡《いんび》な空気が漂っていた。寝台の脇には脱ぎ捨てられた衣服が散らばり、床の上で黒い影を作っている。

その中で唯一白いシーツの上には、ローズマリーの赤みのある長い金髪が広がり、枕元の淡い光を受けて輝いていた。

その髪が揺れるたび、ぐちぐちと音が立ち、彼女の口からは喘《あえ》ぎがこぼれ落ちる。視界がゆがみ、自分の身体が奏でる淫《みだ》らな音を聞きながら、ローズマリーは今にも飛んでいきそうな意識をなんとか保とうと、目の前の逞《たくま》しい体に縋《すが》り付く。

「駄目って……そんなことはない。ほら、こんなにぬるぬるで……きゅうきゅうしてて……っ」

ぐっと腰を突き込んで、にやりと口の端を上げたのは、セーヴェル王国第二王子。つい先日ローズマリーの夫になったばかりのオズワルドである。

「ほら、ローズマリー、わかるか……ココが、お前の一番奥だ」

「わっ、わからなっ……だ、だめえ、おかしくなっちゃ……うっ」

こつこつと腰を動かし、奥を叩くと同時に、オズワルドの指先がローズマリーの乳首を捏《こ》ねまわす。途端に、身体の奥がぎゅうっと胎内の肉棒を喰《く》い締《し》めた。うっとりと目を細めたオズワルドが、それに耐えるように歯を食いしばる。

甘い悦楽に、ローズマリーの白い肌は汗ばみ、吸い付くような手ざわりでオズワルドを楽しませているようだ。だが、そんなことに気が付く余裕などない。

——オズワルド……どうして、こんな風にするの……

じわ、と溢《あふ》れた涙が頬を伝《つた》う。

——本当は、こういう風に睦《むつ》み合いたい方が、別にいるのに……

ローズマリーにもわかっている。オズワルドはこうするよりほかにないのだ。それが、彼に課せられた義務なのだから。

けれど、こんな風に情熱的に抱かれると、錯覚してしまいそうになる。

オズワルドの手が、ローズマリーの細い腰を掴むと、一気に抽送《ちゅうそう》を始めた。そんなことをされてしまえば考えていたことが霧散して、ローズマリーはもはや悦楽に啼《な》くことしかできない。

胸の先端に吸い付かれて、目の前に星が散る。散々なぶられていた乳首は、すでに充血しきっており、ざらついた舌がそれを舐《な》めるたびに小さな法悦がローズマリーを襲《おそ》う。

「あっ、あっ……やっ、オズワルド、やだ、やだ、こわいの……っ」

「こわくないから、ほら……」

オズワルドの唇が、ローズマリーに優しく口付けを落とす。ちろちろと舐《な》められて、教え込まれた通りに唇を開けば、そこから厚い舌が侵入してきた。

舌を絡め、擦《こす》り合わせながら、オズワルドの熱杭が蜜洞を行き来する。その硬さと熱さに翻弄《ほんろう》されて、ローズマリーはびくびくと背筋をそらした。離れた唇を、オズワルドが追ってくる。

「駄目だ、ローズマリー、俺は……」

がつがつと奥を突き上げながら、オズワルドは熱に浮かされたように囁《ささや》きかける。返事はさせないとばかりに、再び口腔内を貪《むさぼ》られ、ローズマリーの身体は抑えきれない快楽に攫われる。

「んっ、んんっ……！」

絶頂の波に襲《おそ》われ、ローズマリーの中がきゅうきゅうと収縮を繰り返す。それに誘われるように、オズワルドが精を放《はな》った。

だが、ローズマリーの胎内にある彼の肉棹は、いまだに衰える気配がない。

思わず夫を見上げたローズマリーに、オズワルドが微笑みかける。だが、その瞳にはぎらぎらと欲望が煮えたぎっていた。

ひっ、と息を呑んだローズマリーに構わず、オズワルドが再びゆっくりと動き出す。彼の放《はな》った精と、自身が溢《あふ》れさせた蜜液が絡み合い、ぐっちゅぐっちゅと淫猥《いんわい》な音が響き出した。

達したばかりで敏感な粘膜を遠慮なく捏《こ》ねまわされ、ぐったりと弛緩《しかん》していたローズマリーの身体に再び熱が灯った。

「あ、だめえ、今、達したばかりなの……っ」

「そうだろうな、すごく締《し》め付けてくる」

相対するオズワルドの口調には、いくらか余裕が感じられた。だが、ぎらつく双眸はじっとローズマリーを見つめ、その反応を余すところなく見ようとする。

視線と、身体の奥の熱と、その両方に責められて、ローズマリーは涙を流し身をよじった。その身体をしっかりと捕まえたオズワルドの手が、つながっている場所のすぐ上、ローズマリーの一番敏感な部分を嬲《なぶ》り出す。

溢《あふ》れる蜜を絡められ、くりくりと摘《つ》ままれると、ローズマリーの口からはもう、意味のない嬌声《きょうせい》しか出てこなくなってしまう。

「やっ、おかしくなる、おかしくなっちゃう……っ」

「いくらでも、おかしくなれよ……っ」

オズワルドの肩の下まで届く黒髪は乱れ、首筋にも頬にも張り付いている。それが壮絶に色っぽく、そして見つめる視線の熱さがローズマリーを煽《あお》り立てた。

「いやあ、だめ、だめえ、もう、イっちゃ……」

「まだまだ、もう少し我慢しろ」

大きく捏《こ》ねるように蜜壷を穿《うが》ち、オズワルドが非情な宣告を下す。いつものローズマリーであれば、その偉そうな態度に一言物申すところだ。

だが、今のローズマリーは、その言葉に従順になってしまう。

なんとか快感を逃そうと、白いシーツをぎゅっと掴む。しかしその手は、眉をひそめたオズワルドの手に攫われた。縋《すが》るようにその手を握りしめ、だんだんと大きくなる悦楽に耐える。

「あ、あ、あっ」

「ん、ローズマリー、俺も、俺も……っ」

腰を奥へと打ち付けながら、オズワルドが悩ましげな声を上げた。ごりごりと大きく太いもので膣壁を擦《こす》られ、ローズマリーの身体に大きな波が押し寄せる。

頤《おとがい》をそらし、中が絞《しぼ》り上げるようにオズワルドの熱杭を締《し》め上げるのを感じながら、ローズマリーは真っ白な空間に放り出された。

「絶対、離さないからな……っ」

薄れゆく意識の中で、低く囁《ささや》くオズワルドの声が、遠く聞こえたような気がした。

第一話　すべての始まり

話は数か月前までさかのぼる。

壁一面に描かれた精緻な壁画に、美しい装飾を施された天井。吹き抜けになった広間は開放感があり、大勢の人々が集まっても息苦しさを感じることのない設計になっている。

ところどころに置かれた彫刻も、いずれ劣らぬ一級品ぞろい。

さらに圧巻なのは、周囲を照らす大きな燭台だ。これに灯されているのは魔術の光で、それ自体はこの国、セーヴェル王国では珍しくもない代物である。しかし、これだけ大きなものになると用意するのは相当に難しい。まさに、贅を尽くした逸品である。

——こんなときでなかったら、ゆっくり鑑賞したいくらいだわ。

高級品で溢《あふ》れかえるセーヴェル王国の王城。その大広間で、ローズマリー・アルフォードは踊っていた。

「なんでこうなったのかしら……」

「……往生際の悪い奴だな」

ステップを踏みながら、ローズマリーは唇を噛みしめてダンスの相手を見上げた。肩の下まで伸ばした黒髪を一つにまとめ、銀糸の刺繍も鮮やかな紺色のジュストコールを身に着けた姿は、確かに恰好いい。踊る相手として申し分ないだろう。それは認めよう。だが、その腕の中にいるのが自分である、という現実に、ローズマリーはいまだについていけていなかった。

セーヴェル王国の第二王子、オズワルド。

闇夜のような黒髪に、深海を思わせる深い青の瞳をした、美しい青年。それが彼だ。その彼と今日、ローズマリーは婚約披露を行っている。

そのためのファースト・ダンスだ。婚約者同士としてホールの中央に陣取った二人は、一曲目を二人だけで踊ったあと、続けて二曲目に入っていた。

二曲目からはほかの参加者たちもダンスを始めており、二人の婚約を祝ってすれ違いざまに微笑みを投げかけてくる。

「どうして……」

「どうしてもこうしてもあるか」

ひそひそと交わされる会話は、おそらく楽《がく》の音《ね》にかき消されてほかの人には聞こえないだろう。はたから見れば仲睦《なかむつ》まじい婚約者そのものだが、会話の内容は甘くもなんともない。

はあ、と一つため息をついたところで、突然くるりと身体を回される。ぐ、と足に力を入れてそれを凌《しの》ぐと、にやりと笑ったオズワルドが至近距離からローズマリーの顔を覗き込んだ。

「お、やるな」

「もう……！　転んだらどうするの」

唇を尖《とが》らせたローズマリーに、オズワルドは少しだけ肩をすくめてみせた。悪戯《いたずら》っぽく眉を上げた彼の、からかうような声音がローズマリーの耳に届く。

「これくらいで転ぶのか？　ダンスの名手と呼ばれたお前が？」

「そんなわけないで、しょ！」

この日のために誂《あつら》えた深い青のドレスの裾《すそ》を翻《ひるがえ》し、一歩踏み出すと、ローズマリーは挑戦的な瞳でオズワルドを見上げた。薄い青をした煌《きら》めく瞳をわずかに細め、彼女は口元に笑みを浮かべる。

「見ていなさい……振り回してあげる」

「お手柔らかに頼む」

ふん、と鼻を鳴らしたオズワルドの手が、ローズマリーの赤みのある金の髪をそっと肩から払う。にやりとした笑みを浮かべると、オズワルドは楽団にちらりと視線を走らせて、合図を送った。途端にゆったりとした曲調が、だんだんと速度を上げはじめる。

その曲に合わせて、彼の足がそれまでのものよりも複雑なステップを踏み始めた。

「……腕を上げたわね」

「いつまでも苦手とは言ってられなかったんでな」

軽快にステップを踏み、微笑み合う。周囲の目には、想い合う恋人同士のように見えたことだろう。

事実、この婚約披露から三か月後には二人の結婚式が予定されている。

第二とはいえ、王子の婚姻だ。普通なら、婚約を公示してから一年は準備期間に費やされるはずである。だというのに、こうも式を急ぐのには理由があった。

――ことは、二週間前までさかのぼる。

その日、ローズマリーはいつものように第二騎士団の鍛錬を見学するために王城へと向かってい
た。彼女の目的は、第二騎士団団長、エイブラム・オルガレン侯爵だ。

今年三十五を迎えてなお独身。鍛え上げられた体躯と精悍な顔立ち、そしてその身分も相まって、世の令嬢方の人気を集めている。

オルガレン侯爵は、持ち込まれる縁談も星の数ほどと言われているが、そのすべてを断り独身を貫《つらぬ》いていた。本人は、第二王子に剣を捧げた身であるから、と話しているが、社交界の噂では、若い頃に恋人を亡くして操《みさお》を立てているとか、報われぬ恋に身を窶《やつ》しているとか囁《ささや》かれている。

今年十九になったばかりのローズマリーからすれば、かなり年上になるだろう。だが、そんなことはローズマリーにとって些細《ささい》なことだ。

昔から、ローズマリーは年上が好きなのである。淡い初恋は幼馴染のお兄ちゃん。その後も成長するにつれて、淡い恋を何度も体験してきたが、対象はやはりみな年上だ。

――だって、同じ年頃の男の子って苦手なんだもの。

ローズマリーは、馬車に揺られながらため息をついた。小さい頃、一緒に遊んだ黒髪の少年の姿を思い浮かべて首を振る。

思えば、同世代の男の子が苦手になったのは、間違いなく彼のせいだ。

『なあ、あっちを案内してやろうか』

あれは、確かまだローズマリーが五歳のときのこと。両親に連れられて、ローズマリーはとあるお茶会に出席していた。

そこで出会ったのが彼だ。

よくわからない会話だらけのお茶会に退屈しきっていたローズマリーを連れ出してくれたことには感謝している。だが、そのあとが悪かった。

『ほら、これをやるよ』

にっこりと笑った少年が差し出した手のひらに乗せていたのは、大きな芋虫。

きゃあ、と大きな叫び声をあげて後退《あとずさ》ったローズマリーに、彼は目を丸くしてさらにずいっとそれを近づけてきた。

『ほら――』

彼はまだ何か言っていたが、その後のことは、もうよく覚えていない。ぱたり、と倒れたローズマリーが次に気付いたときには、室内の長椅子に寝かされていた。その顔を、やはり黒髪の――先程の彼よりも年上の少年が覗き込んでいる。

『あ、気が付いた？　ごめんね、弟が……』

そう微笑んでくれた少年は、先程の彼と面差《おもざ》しが似ていた。だが、雰囲気は大人びていて、ローズマリーはぽわんと頬を赤らめて首を振り、にっこりと微笑んだ。

これが、ローズマリーとオズワルド、そして彼の兄である第一王子クラレンスとの出会いである。

そして、ローズマリーの初恋は優しく付き添ってくれたクラレンスで――このときから、ローズマリーの淡い恋のお相手は、みな年上ばかりになった。

だが、その後も何故かことあるごとに、ローズマリーとオズワルドは顔を合わせる機会が増えてゆく。ローズマリーの父が宰相で、国王と懇意にしていたこと、二人が同じ年齢であることなどが理由だったのだろう。ローズマリーの兄、ブラッドリーがクラレンスの学友だったこともそれに拍車をかけたのかもしれない。

アルフォード家は侯爵の位を戴く高位貴族だ。あわよくば二人を結婚させよう、という目論見もなくはなかっただろう。

だが、二人の相性は最悪だった。

ローズマリーとオズワルドは、寄ると触ると口論を繰り返し、いつしか二人は犬猿の仲として有名になってしまったのである。

『もう少し、お淑《しと》やかにできないものか』

そう父が嘆いていたことまで思い出して、ローズマリーは憂鬱《ゆううつ》な気持ちになった。

オズワルドさえ絡まなければ、ローズマリーはどこに出しても恥ずかしくない、気品ある侯爵家のご令嬢でいられる。だが、オズワルドの前では何故かその仮面がはがれ、気の強い一面が前に出てしまうのだ。

——まあ、小さな頃から喧嘩ばかりしている相手に、今更ねえ……

再びローズマリーがため息をついたとき、馬車がゆっくりと停車する。王城の車寄せに着いたのだと気が付いて、ローズマリーは嫌なことを忘れ、うきうきとして大きなつば広の帽子をかぶると、鍛錬を見学しに向かうことにした。

ほかにも何人か、見学に向かう令嬢の姿が見える。その一番後ろを目立たぬようについていき、ローズマリーはいつもの定位置に腰を下ろした。

そこへ、ぬっとあらわれた人影がある。

「ローズマリー、お前、また来たのか」

「あら、オズワルド殿下には、ご機嫌麗しく……」

ローズマリーの定位置は、観覧席の一番後ろの目立たない場所だ。ここからひっそりと訓練を眺めるのが、いつものスタイルである。

大きなつば広の帽子をかぶっていることもあって、ローズマリーの正体に気が付く者は少ない。それなのに、何故かオズワルドはいつもすぐにローズマリーを見つけてしまう。

帽子が目立つのか、と小さな帽子をかぶってきたこともあるのだが、そのときには馬鹿にしたような顔で日傘を差し出されたものだ。一応お礼を言ったところ、「倒れられでもしたら兄上に迷惑がかかるからな」とツンとした態度で言われたことは記憶に新しい。

まあ、ここでローズマリーが倒れでもしたら、一番に連絡が行くのは城に常駐《じょうちゅう》している兄ブラッドリーのところだろう。彼は今、王太子の側近として常にクラレンスの傍にいる。ブラッドリーが傍を離れることになれば、当然王太子の業務は滞《とどこお》るわけで、ローズマリーとてそれくらい承知していないわけではない。

別にお前のためじゃないぞ、と暗に言われたわけだが、そんなことは百も承知だ。しかし、ローズマリーの体調を慮《おもんぱか》ってくれたのは事実だから、あえて口答えはしなかった。

「お前に殿下、なんて呼ばれると、なんだか背筋がぞわっとするな……」

「仕方がないでしょう、お父様が最近うるさいのよ」

わざとらしく震えてみせたオズワルドに向かって、ローズマリーは肩をすくめた。その隣に、オズワルドは許可も取らずにどっかりと座り込む。

だが、それもいつものことだ。

「アルフォード侯爵か。まあ、あの方はわりに固いところがあるからなあ……」

ローズマリーの父、アルフォード侯爵の姿を思い浮かべたのだろう。オズワルドの表情がわずかにげんなりとしたものになる。

幼少期から親交のある二人は、当然互いの親にもよく会うわけだが、アルフォード侯爵は何かにつけては優秀な兄王子を引き合いに出して、オズワルドにも勉学に励むよう発破《はっぱ》をかけていた。それゆえ、苦手意識があるのだろう。

くす、と笑ったローズマリーは、訓練場に視線を向けて呟いた。

「それにしても、第二王子って暇なの？　私がここに来ると、いつもいるけど」

「第二騎士団は俺付きだからな。エイブラムがここに来る日は、来なければならないだけだ」

俺も鍛錬をするしな、と続けられてローズマリーは肩をすくめた。それはもちろん知っている。王子付き騎士団の団長は、剣の指南役を兼ねているのだから。だが、その鍛錬のあるはずのオズワルドに、こうしてエイブラムを見学できる機会をいつも邪魔されるのはおかしな話だ。

ローズマリーの視線の先では、エイブラムがほかの団員たちに稽古をつけている。相変わらずほれぼれするような剣筋だ。うっとりとした視線を送るローズマリーに、かすかな舌打ちの音が聞こえた。

「……お前、本気なのか？」

「え？　何が……？」

しばらく黙ってローズマリーを見つめていたオズワルドが、ぼそりと呟いた。エイブラムの雄姿に夢中になっていたローズマリーは、何を言われたのかよくわからなくて首をかしげてオズワルドに向き直る。

すると彼は、頬を少しばかり赤らめて訓練場の――エイブラムを見つめていた。

――ん？　ま、まさか……？

昨日友人から貸してもらった、ある本を思い出して、ローズマリーはうろたえた。

本自体は、どうということもない流行《はや》りの冒険もので、主人公はとある事情から身分を隠して旅をする貴族の青年だ。剣の腕が立つことから、冒険者に身を窶《やつ》している。

そして、その青年とともに旅をするのが腹心の部下でもある魔術師だ。旅が進むにつれて明かされる謎と、二人の身分を超えた友情が話題を呼んでいる。

もちろん、物語の主人公とその相棒だけあって、二人とも誰に勝るとも劣らぬ美丈夫として描かれているのだが、何故かこの二人、その巻ごとに登場するどんな美女とも恋仲にならない。それどころか、巻を追うごとに二人の信頼は厚く、ゆるぎないものに変わっていく。

それゆえか、一部のファンの間からは二人の間を怪しむ声があがっている——というありさまなのだ。

それに加えて——ローズマリーはオズワルドとエイブラム、二人にまつわる「とある噂」を思い出してしまい、ほんのりと頬を染めた。

意識してしまうと、俄然《がぜん》、自分のこの思い付きが正しいような気がしてきてしまう。

——そ、そんな……でも、まさかでしょう……？

頬を赤らめたオズワルドの視線の先にはエイブラム。観客席から起こる黄色い声援に応《こた》えて手を振っている姿を、唇を尖《とが》らせて見ている。

オズワルドとエイブラムの仲が良いことは、もちろん付き合いの長いローズマリーはよく知っていた。時折、二人が視線だけで会話をするシーンを何度も間近で見たものだ。

口元に手を当てて、ローズマリーはオズワルドの横顔をじっと見つめた。これはもしかしたら嫉妬の視線なのではないだろうか。

自分というものがありながら、ご令嬢方に愛想を振りまくエイブラムに対する、だ。

気付いてしまった衝撃的な事実を胸に秘め、ローズマリーはオズワルドとエイブラムを交互に見比べた。それに気付いたのか、エイブラムがこちらに視線を向けると、口角を上げる。すると、オズワルドはぷいと顔を逸《そ》らしてしまった。

——どう見ても、これは……

男二人のそんなやりとりに、ローズマリーは何故だかどきどきしてしまう。生憎、ローズマリーはそちらの方面には詳しくはないのだが、友人たちが「あの騎士さまとあちらの騎士さま、随分と距離が近いと思わない？」などと盛り上がっていたことを思い出す。

このときやり玉にあげられたうちの一組が、オズワルドとエイブラムなのである。もちろん、噂になっているだけで確証があるわけではない。ただ、二人の距離がほかの人たちに比べて近いのは、動かしようのない事実である。そのせいか、そういった趣味趣向の持ち主である令嬢たちの間では、二人の関係はほぼ公然の秘密扱いになっていた。

一度そう思ってしまうと、噂を信じていたわけではないローズマリーの目にさえ、オズワルドの瞳はまるで恋する男のそれに見える。

いや、ローズマリーでさえ、本当はそうなのではないか、と疑っていた節もあるのだ。だから、すっかりその考えに取りつかれてしまった。

——まさか、オズワルドがオルガレン団長に恋をしているだなんて……！

これを教えてあげたら、きっと友人たちは色めきたつに違いない。だけど、とローズマリーはそっと胸を押さえた。

オズワルドは、セーヴェル王国の第二王子である。ということは、王家の血を絶やさぬために婚姻して子を残さなければならない立場だ。

実らぬ想い。いや、もしエイブラムの方もオズワルドを憎からず思っていたとしても、決して結ばれず——オズワルドは誰かほかの女性と結婚せねばならない。

じわ、と熱いものが込みあげてきて、ローズマリーは目を伏せた。

ローズマリーとて、こうして淡い憧れを胸にエイブラムを見るために騎士団の鍛錬を見学しに来ているわけだが、実際に結婚となれば別の話だ。貴族の子女たるもの、結婚相手は親が決める。ローズマリーの意志はさほど重要ではない。

それと同様に、今こうして見学に訪れている令嬢のほとんどが、おそらくは家のために結婚をする。騎士団の鍛錬を見学する自由は、それまでのものだ。

貴族間の婚姻なんて、そんなものである。ごくまれに、恋に落ちた相手と結婚できる幸運な令嬢もいるが、それはほんの一握り。

まあ、中には親の決めた婚約者と仲睦《なかむつ》まじい結婚生活を送るものもいるにはいるのだけれど。

——私もせめて、そちら側に入りたいものだわ。

ふう、とため息をついたローズマリーは、視線を感じて顔を上げた。すると、オズワルドが訝《いぶか》しげな顔でこちらを見ている。

「お前……」

「な、何よ」

先程、オズワルドに同情していたせいだろうか。なんとなく勢いがそがれて、いつもの軽口も出てこない。そんなローズマリーに、オズワルドはますます眉間のしわを深くした。

「……ローズマリー、このあと時間あるか？」

「え？　ええ、まあ」

「じゃあ、ちょっと茶でも飲んでけよ。ここで待っていてくれたら、あとから迎えに来る」

その言葉に、ローズマリーは珍しく素直に頷いた。オズワルドは立ち上がると、そんなローズマリーの頭をぽんと叩き、その場をあとにする。

「……オズワルドだって顔は良いのに、なんでここにいても騒がれないのかしらね」

その後ろ姿を見送りながら、ローズマリーはふと思いついて口にする。

そばで一部始終を見ていた侍女は一瞬片眉を上げたが、賢明にも口をつぐんだままだった。

さて、オズワルドとお茶をするのなら、場所はどこになるのだろうか。小川のそばの四阿《あずまや》なんか、この季節なら涼しげでいい。そういえば、ゆっくり話をするのは久しぶりになる。

こうして鍛錬を見学に来るたびに会っているから、まったくそんな気がしていなかったのだけれど。

——それにしても、いったいどういう風の吹きまわしかしら。

突然の誘いの理由が見当たらず、ローズマリーは首を傾《かし》げる。だが、別に断る理由もない。

「そうだわ、悪いけれど、頼まれてくれるかしら」

ふと思い立って、ローズマリーは傍《かたわ》らの侍女を見上げ、自宅への言伝《ことづて》を頼んだ。帰りは兄に送ってもらうことにしようと、そちらにも寄るようにお願いをする。オズワルドはいい顔をしないだろうが、たまには兄ともゆっくり話をしたいのだ。それくらいは、クラレンスも認めてくれるだろう。

あとになって思えば、この判断がまずかった。

「おい、ローズマリー、行くぞ」

「あ、オズワルド……思ったより早かったわね」

湯を使ったあと急いで来たのだろう、髪が少し濡れている。もともと艶々《つやつや》としている黒髪が、首筋に張り付いているのが艶《なま》めかしい。

暑さのせいか、シャツのボタンを二つほど外しているのが目に入って、ローズマリーは思わず視線を逸《そ》らした。こんな姿は、兄のものでさえ見たことがない。

思わず赤くなったローズマリーに構わず、オズワルドはさっさと歩きだした。

「あれ、いつもの……侍従はどうしたのよ」

「先に戻らせた」

ほら、何してるんだ、と伸びてきた手に腕を掴まれ、ローズマリーは唇を尖《とが》らせた。同じ年だから十九になるというのに、淑女の扱いのわかっていない男である。

——これだから、モテないんだわ。顔はめったにないほどの美男子に育ったっていうのに……惜しいこと。

肩をすくめると、ローズマリーはおとなしくオズワルドに腕を引かれるままに歩いていく。

王族の生活する棟は、鍛錬所から少し遠い。衛兵に挨拶をして、王族専用の門をくぐり、渡り廊下を歩く。初夏の爽やかな風が木立の間を抜けて大変心地良い。しかし、歩いているあいだ珍しく無言のオズワルドが気になって、ローズマリーはそれをゆっくりと感じる暇もなく彼の部屋へと引っ張り込まれた。

オズワルドの部屋を訪れるのは、いつぶりだろう。幼い頃はよく来ていた、というか連れてこられていたのだが、いつの頃からかオズワルドと会うのは王城の中庭の四阿《あずまや》だとか、庭園のテラス席だとかになっていた。けれど、最近はそれもごく稀だ。

久しぶりに見る部屋は、ローズマリーの記憶にあるものとはだいぶ印象が違う。深い青を基調としてまとめられた室内は、品があって落ち着いていた。

「なんというか……だいぶ男らしい部屋になったわね……」

「いつの頃と比べてるんだ」

手に持っていた上着を椅子の背もたれに放り投げると、オズワルドは呆《あき》れたようにため息をついた。

勧められるままに向かいにあった長椅子に腰かけると、幼い頃からの顔なじみの侍女がお茶の支《し》度《たく》をしてくれる。ありがとう、と声をかけると、老齢の侍女は微笑んで頭を下げた。

「悪いが、ちょっと席を外してくれ。内々に話したいことがある」

「かしこまりました」

最後に皿に盛りつけられたクッキーを置くと、老侍女はさっくりと退出していった。先に戻っているはずの侍従の姿もなく、ローズマリーは首をかしげる。

ここまで人払いをして、自分にしたい話とはいったいなんなのだろう。そんなに人には聞かせられない話なのだろうか。

――あ、もしかして。

ピンときて、ローズマリーは少しだけ姿勢を正した。もしかしたら、話というのはエイブラムのことではないだろうか。

つまり——その、恋敵《こいがたき》宣言をされるのではないか、とローズマリーは考えたのである。

いや、もしかしたら、エイブラムとはすでに恋仲であるから諦めろ、と宣告されるのかもしれない。

どちらにせよ、確かに誰にも聞かれたくない話ではあるだろう。

セーヴェル王国は同性愛には割合寛容な国ではある。だが、同性同士の結婚は認められていないし、寛容であっても歓迎されるものではない。特に、貴族の間ではどちらかといえば忌避《きひ》されている。

理由は簡単だ。同性同士では子を成せない。あとを継ぐ者がいなくなるからである。

だが、妙に神妙な顔つきになったローズマリーを見て、オズワルドは怪訝《けげん》そうな顔をした。

「なんだお前、今日は妙にしおらしいな。なんだか調子が狂う」

「どういう意味よ」

「そのまんまの意味だよ。……なんかあったか？」

逆にそう問いかけられて、ローズマリーはぶんぶんと首を振った。特に何も変わったことはない。

いや、あったといえばあったのだけれど、本人が話をする前に口に出すのはさすがに憚《はばか》られる。

とにかく、いつそれを告白されてもいいように、心の中で準備をする。さあ、いつでも来い、と覚悟を決めて、ローズマリーは正面からオズワルドの顔を見た。

「その、ショックを受けずに聞いてほしい」

ローズマリーの視線を受けて覚悟を決めたのか、オズワルドは神妙な口ぶりで話し始めた。いつの間に飲んだのか、ティーカップの中身はすでに空になっている。

老侍女が置いていってくれたポットを手に取ろうとすると、オズワルドは首を振って押しとどめた。

「いや、いい。先に話をしてしまおう。実はな――結婚が決まった」

「え、ええ？　早くない……？」

目を瞬《またた》かせて、ローズマリーは危うく出そうになった素っ頓狂《すとんきょう》な声を引っ込め、なんとか普通の声音で問いかけた。

オズワルドは十九歳。男性の結婚適齢期はまだ先だ。そもそも、オズワルドの兄であるクラレンスでさえ、婚約すらしていない。

「……早くはないだろう、遅すぎたくらいだ」

「遅いって……そんなことないでしょう……」

困惑して、ローズマリーは視線をさまよわせた。女性の適齢期が近いローズマリーでさえ婚約者が決まっていないというのに、それよりも先にオズワルドが結婚するなんて。

――ん？　でも、なんでそれが「ショックを受けず」になるの？

いや、確かにショックといえばショックかもしれない。ローズマリーは侯爵令嬢のくせにいまだに婚約者もなく結婚の予定がない。だというのに、適齢期前のオズワルドの方が結婚するというのだ。

だが、その話をわざわざローズマリーにする意味もわからなかった。どうせ王子の婚約ともなれば、近日中に国中に通達が出る。前もって言ってくれたのは、幼馴染ゆえの気遣いか、それとも自慢か。

問題はもう一つあった。もちろん、オズワルドの想い人、エイブラムだ。彼はこのことを知っているのだろうか。

「……団長はご存じなの？」

「は？　ご存じも何も、そりゃいの一番に知ってるだろうよ」

ふん、と鼻を鳴らしてカップを手に取ったオズワルドは、中身が空なことを思い出したらしくそれをソーサーへと戻した。代わりにクッキーを一つ手に取ると、大きく口を開けて放り込む。それからちらり、とローズマリーの様子を窺《うかが》った。

だが、自分の考え事に没頭していたローズマリーは、そんなオズワルドにまったく気付いていない。

「その……オルガレン団長は納得されているの？」

「納得も何も……言ってきたのはエイブラムだぞ？　なんだ、さっきから……お前、ショックじゃないのか？」

もう一度カップを手に取って、オズワルドは諦めたように自分でポットからお茶を注いだ。一口飲みこむと、ローズマリーに視線を戻す。

「別に、ショックではないけど……」

「なんだ、その程度か」

面白くなさそうな顔になったオズワルドだったが、口の端が微妙に上がっている。ひとつ肩をすくめると、もう一枚クッキーを手に取り、今度は半分ほど齧《かじ》った。もぐもぐと咀嚼しながら、うまいな、などと呟いている。

だが、ローズマリーの頭の中は別のことでいっぱいだった。エイブラムから言い出した、ということは、つまりこういうことか。

『オズワルド殿下、どうか私のことにはかまわず……』

『何を言う、エイブラム』

『所詮は報われぬ想いなのです。殿下は子を残さねばならぬ御身。どうか』

——泣ける話じゃないの！

ローズマリーは握りこぶしを握って立ち上がった。

「オズワルド、あなた本当にそれでいいの？」

「は、はあ……？　俺ぇ……？」

鳩が豆鉄砲を食らったような顔で、オズワルドは突如立ち上がったローズマリーを見上げた。深い青色をしたオズワルドの瞳が、困惑に揺れている。

「だって、あなた……オルガレン団長と、その……恋仲なんでしょう？」

「は……？」

今度こそ、オズワルドは絶句した。だが、ローズマリーの攻撃は止まらない。

「ああ……自分から身を引くなんて、オルガレン団長……さすが忠義の方だわ」

「いや、待て。何か誤解が……いや、なんかわからんがすべて誤解のような気がしてきたぞ」

「隠さなくてもいいのよ！」

もはやローズマリーにはオズワルドの話などまったく耳に入っていなかった。すっかり自分の世界に入り込み、こぶしを握ってまくし立てている。その勢いに唖然《あぜん》としていたオズワルドだったが、ようやく我に返るとローズマリーの暴走を止めにかかった。

「ちょ、ちょっと待てローズマリー！　お前、勘違いしていないか？　結婚するのは俺じゃないぞ！」

「えっ」

「結婚するのは、エイブラムの方だ」

「え、えええ⁉」

目をぱちくりさせて、ローズマリーはやっとそこでオズワルドの顔を見た。彼は、苦虫を百匹くらいまとめて噛み潰したような、そんな顔をしている。

あれ、と首をかしげたローズマリーの耳に、地を這《は》うような低い声の呟きが聞こえた。

「そもそも、なんなんだ……俺とエイブラムが……？」

まったく、たまには気を遣ってやろうと思ったのに、と吐き捨てると、オズワルドはつかつかとテーブルを回り込み、ローズマリーの隣まで移動してくる。

落ち着け、とでもいうように両肩を押すと、彼はローズマリーを長椅子に座らせた。その隣に、オズワルドもどっかりと座り込む。

「つまり、あれか……お前、俺が結婚すると思ったのか？」

「あ……その、私、勘違いを……してたみたい……？」

「それで、なんだって？　俺がエイブラムと……？」

「だ、だって……」

あんなに熱い瞳でエイブラムを見つめていたではないか。それに、噂にだってなっている。混乱して、ローズマリーはあわあわとひじ掛けを掴んだ。すぐ隣に座ったオズワルドから何か危険な香りがして、必死に距離を取ろうとする。

これは、未婚の男女に許される距離ではない。たとえオズワルドが男色で、女性に興味がないとしても、だ。もっと、適切な距離を、と言いたいが、オズワルドの瞳に見つめられると、声が出ない。

「つまりお前は、俺が女とはこういうことができない、と思っているわけだな」

ふ、と耳元に息を吹きかけられて、背筋にぞわっと痺《しび》れが走った。その正体がわからずに、ローズマリーはますます混乱する。

「か、隠したいなら、誰にも言わないからっ」

「いいから、もう黙れ」

その言葉と同時に、ローズマリーの顎《あご》を掴むと、オズワルドは顔の向きを変えさせた。正面の、すぐ間近にオズワルドの顔がある。

その表情は、これまでローズマリーが見たこともないほど真剣で、そして深い青の瞳には激情が宿っていた。

「それで、二人きりになっても安心しきってたわけか……」

くそ、と吐き捨てると、オズワルドはおもむろにローズマリーの唇に、自分のそれを重ねた。一度離れたかと思えば、二度、三度と繰り返し啄《ついば》むような口付けを繰り返す。

やがてそれは、だんだんと長くなり、唇を甘噛みしたり、舌先でちろちろと舐《な》めたりし始める。

ふる、と身体を震わせたローズマリーを抱きかかえるようにして、オズワルドはふっと甘い息を漏《も》らした。

「ほら、少し、口を開けて」

「あ、なんっ、んっ……」

なんで、と問いかけようとして開いた唇の間から、オズワルドの舌が侵入してくる。味わうかのように、歯列をなぞる舌先の感触が熱い。上顎《うわあご》をくすぐられると、まるで頭に靄《もや》でもかかったかのように何も考えられなくなってゆく。いつの間にか背後に回っていた手が背筋を撫でる感触に、甘い疼《うず》きが沸《わ》き起こった。

「ん、はっ……」

息が苦しい。どうにかして空気を取り込もうと開いた口の端から、飲み込み切れない唾液が伝《つた》う。それを指先で拭《ぬぐ》ったオズワルドが、いったん唇を解放すると、にやりと笑って舐《な》めとった。その姿が、壮絶に色っぽく見える。

「へたくそ。こういうときは、鼻で息をするんだ」

言うが早いか、再びオズワルドの舌がローズマリーの口の中を蹂躙《じゅうりん》する。くちゅくちゅと唾液をかき混ぜる淫靡《いんび》な音が響き、中で縮こまっていた舌がつかまった。オズワルドの舌が器用にそれを引き出すと、舌同士を擦《こす》り合わせ、吸い上げてくる。

——なんか、変になりそう……

こうして、舌を擦《こす》り合わせると、どんどん気持ち良くなってしまう。こんなこと、ローズマリーは知らなかった。でも、オズワルドは手馴れていて、巧《たく》みな舌遣いでローズマリーを翻弄《ほんろう》してゆく。

それが、どこか悔しい。

「ん、ローズマリー……」

合間に囁《ささや》くオズワルドの声は、今まで聞いたこともないほどに甘ったるくて優しく、そして危険な響きに満ちている。ぞくぞくと沸《わ》き上がる甘い痺《しび》れに、ローズマリーはもはや抗うこともできずに身を任せた。

ずる、と力の抜けたローズマリーの身体が長椅子の上に倒されて、オズワルドの手が胸元へ伸びたとき——

「やあ、オズワルド。ローズマリーが来ているんだって？」

扉の開く音とともに、そんな声が室内に響いた。同時に、ぴしり、とオズワルドの身体が固まる。そのまま、油のささっていないからくり人形のようにぎこちない動きで、彼は扉の方に目を向けた。

「……あ、あにうえ……」

「おやおや……これはこれは……」

「き、貴様……ローズマリーに何を……ッ」

のんびりとしたクラレンスの声に続いて、ブラッドリーの震え声がする。さすがに呑気《のんき》なローズマリーでも、この状況がまずいことは理解できた。

しかも、この現場をクラレンスとブラッドリーだけではなく、部屋の外に控えていた侍女や、王太子の護衛騎士にまで見られていたことが、二人にとっては更なる不幸だったと言える。

さすがにこの状況では、どんな言い逃《のが》れも通用しない。ましてや、ローズマリーの口から「オズワルドは同性愛者だから」などと言えるわけもない。

こうして、醜聞が広まる前に、と、二人の婚約が決まったのであった。

第二話　婚約披露

「まさか、このような形で……」

自邸の書斎で、当主であるアルフォード侯爵は頭を抱えていた。その手には、一通の手紙が握られている。白地に金のつた模様が入ったそれは、王家からの正式な文書であることを示していた。

その中身にもう一度目を通して、深くため息をつく。すでに両家の間で話し合いが持たれ、同意したことではあった。しかし、正式な文書で通達されれば、新たな感慨が胸のうちに沸《わ》き起こってくる。

そうなればいい、と思ったことがなかったわけではない。だが、こんな形で、というのは予想もしていなかった。

それに、と紙面に書かれた内容を思い出して、もう一度ため息をつく。

「仕方がない、仕方がないが……」

かわいい娘の姿を思い浮かべて、アルフォード侯爵は手元の呼び鈴を鳴らす。姿を現した執事にローズマリーを呼ぶように指示すると、椅子に深く腰かけ天を仰《あお》いだ。

「お父様、お呼びと伺《うかが》いましたが」

「来たか」

ローズマリーは、少しだけ申し訳なさそうな顔で父を見た。その手元にある手紙を見て、さらに身体を縮こまらせる。アルフォード侯爵はため息を呑み込んで、冷静な口調で告げた。

「オズワルド殿下と、お前の婚約の通達だ。……式は、三か月後」

「さっ……三か月ぅ⁉」

あまりにも早い。目を剝《む》いたローズマリーに、アルフォード侯爵は淡々と告げる。

「すでに、城にはお針子《はりこ》が呼び集められているそうだ。近いうちに城へ行って、採寸と……それから、打ち合わせをすることになっている」

「は、はい……」

「それから、婚約披露は二週間後だ」

精一杯何気ない様子を装って、アルフォード侯爵は娘に向かって爆弾を落とした。ローズマリーの顔が、蒼白になる。

「に、二週間……」

もはや、何かありました、と言わんばかりの日程だ。きっとこれからローズマリーは友人たちに、根掘り葉掘り何があったか聞かれるだろう。

「それから、明日オズワルド殿下がこちらにいらっしゃる。準備しておくように」

父にそう言われ、ローズマリーはしおしおと頷くと、書斎をあとにした。

ローズマリーは、自分の部屋に戻ると、窓際に置いた椅子にへたり込んで外を眺めた。生憎、今日の天気は曇天で、外はうっすらと暗い。まるで今の自分の気持ちのようだ、と思う。

――残念ね、どうやら私は「そちら側」には入れないみたい。

ほう、とため息をついて、ローズマリーは目を閉じた。瞼《まぶた》の裏に、激情を宿した深い青の瞳が浮かんで、身体の奥に得体の知れない熱がともる。

「なんで、あんなことを……」

唇に手を当てて、あのときの感触を思い出す。彼の唇は、柔らかくて熱かった。それが、まるでローズマリーの唇を食べるかのように覆いつくして――

そこまで思い出して、ローズマリーは慌てて首を振った。

「ああまでして、隠したかったのかしら。……そうよね、だって、オルガレン団長は結婚されるのだし……もしもあんなことがバレでもしたら、きっとお困りになるのよね」

そう独《ひと》り言《ご》ちて、ローズマリーは頷いた。つまりはそういうことだろう。

「オズワルドだって、本当のことを知っている私の方が、やりやすいでしょうね……」

もう一度大きくうん、と頷いて、ローズマリーは勢い良く立ち上がった。とにかく、明日の用意はせねばならない。

幼馴染とはいえ、王族が邸を訪問するとなれば、それなりの恰好で出迎えなければ。

「……少なくとも、相手はオズワルドだもの。なんでも言い合える相手に嫁げるだけ、マシだと思わなきゃだめよね」

仲睦《なかむつ》まじい結婚生活、とはいかないだろうが、抑圧された結婚生活よりはいくらかマシだろう。

たとえそれが、夫の秘めたる恋の隠れ蓑《みの》になるとしても。

問題はオズワルドだ。感情に任せた行動の末にこんなことになってしまって、彼はいったい今どんな気持ちでいるのだろう。そして自分もどんな気持ちで準備に臨めばいいのか。

オズワルドがあんなことをしでかさなければ、結婚する羽目になどならなくて済んだ。だが、非はオズワルドばかりにあるわけではない。自分だって二人きりになってしまうことになんの異も唱えなかったし、彼の隠し事を暴こうとしてしまったのだから。

そう思い直してベルを鳴らし、侍女を呼びながらも、ローズマリーはどこかもやもやした気持ちを捨てきれずにいた。


オズワルドがアルフォード邸を訪問したのは、翌日の午前中のことである。事前に連絡をもらっていたアルフォード家の面々は、玄関ホールに揃って彼を出迎えた。

だが、ローズマリーはそのオズワルドのいでたちを見て目を丸くする。

正式な場でしか着用を許されない濃紺の魔術騎士の正装に、真っ赤な薔薇の花束。きっちりと撫でつけられた髪は一筋の乱れもなく、凛々しい顔のラインがすっきりと見えている。その黒い髪を結んでいるのは、薄い青色のリボンだ。

「オ、オズ……」

――これは、まさか……？

絶句したアルフォード家の面々に向かって、オズワルドは深く一礼した。彼の名を呼ぼうとしていたローズマリーも、そのまなざしの真剣さに口を閉ざす。

「……この度《たび》は、順番が狂ってしまったことを深くお詫《わ》びいたします。改めて、皆様の前で」

そのまま、オズワルドはすっと膝を折ると、ローズマリーの前に跪《ひざまず》いた。

「ローズマリー・アルフォード嬢。どうか、私と結婚してください」

まっすぐに向けられた視線は、痛いほどに強い。気圧《けお》されて一歩後退《あとずさ》りそうになったローズマリーの背中を、ブラッドリーが優しく支えてくれる。

ローズマリーは、オズワルドの瞳から視線を逸《そ》らすことができなかった。まるで縫い留められたかのように、身体がそれ以上動かない。

まさか、こんな正式なプロポーズを受けるとは思ってもみなかった。もはや、二人の結婚は決定事項なのだから。しかも、あのオズワルドが、こんなに真剣な表情で、ローズマリーに跪《ひざまず》くことなど考えてもみなかった。

「ローズマリー」

なかなか口を開かないローズマリーに焦《じ》れたのか、オズワルドがしっかりと視線を絡ませたまま名前を呼ぶ。それはどこか、懇願するような響きを持っていた。

「あ……」

なんとか言葉を返そうと思うものの、唇が震えて声が出ない。その背中を、ブラッドリーが優しく押した。

「ローズマリー、お返事を」

耳元でそう囁《ささや》かれて、やっと呪縛が解ける。世界が感覚を取り戻し、差し出された薔薇の花束からは、芳醇な香りが漂っているのがわかった。

――これ、オズワルドの庭の薔薇だわ。

そっと手を伸ばして、その花弁に触れる。薔薇の花は、朝摘んだばかりなのだろう。少しだけ湿《しめ》っていて、瑞々《みずみず》しい。

その薔薇は、オズワルドが手ずから世話をしている特別なものだと教えられたことがあった。意外なことに、オズワルドは園芸が趣味なのだ。中でも薔薇の花を育てるのはなかなか難しく、何度も失敗をしたと恥ずかしそうに話してくれたのを覚えている。

「――お受けいたします」

きっと、オズワルドは自分を大切にしてくれるだろう。仲睦《なかむつ》まじい、とまではいかなくても、不幸な結婚生活にはならないはずだ。

秘めたる恋の隠れ蓑《みの》、良いではないか。

立派にその勤《つと》め、果たしてやろうではないか。

花束を受け取って、ローズマリーは微笑む。柔らかく花束を抱きしめるその姿を、オズワルドが眩《まぶ》しそうに見つめていたことには、ローズマリーは気が付かなかった。

その後、アルフォード侯爵と話をしたいというオズワルドが、父と連れ立って書斎に消えていくのを見送る。妙な緊張感から解放されて、ローズマリーは、ふうっと大きなため息を漏《も》らした。

なんだかわからないが、とても緊張してしまった。薔薇を自分の部屋に活《い》けてくれるよう侍女に頼むと、応接室で温かいお茶を淹《い》れてもらう。

添えられたクッキーを一つ摘《つま》んで、ローズマリーはふと先日のことを思い出した。オズワルドの部屋で出されたのも、これと同じクッキーだ。

実を言えば、ローズマリーはクッキーに目がない。特にこの店のものが好きで、常にアルフォード邸には常備されている。それとまったく同じものが、オズワルドの部屋でも準備されていたのだ。

「……たまに、変に優しいのよね、オズワルド」

「まあ……そうだな」

同じくお茶を飲んでいたブラッドリーが、苦笑して肩をすくめた。その視線に呆《あき》れが滲《にじ》んでいるのは、ローズマリーの気のせいではないだろう。

特に、オズワルドの部屋で起きたことが見つかってから、その傾向が強い。

浅はかなことをしでかした妹に対して呆《あき》れているのだろうな、と考えて、ローズマリーは身を縮めた。

「……ごめんなさい」

「謝るようなことではない」

まったく、と一言こぼして、ブラッドリーもクッキーを手に取る。

「お前が王子妃か……これでまた、クラレンス殿下の周りも騒がしくなるな」

「え？」

首をかしげるローズマリーに兄は説明を始めた。王太子であるクラレンスには、現在婚約者はいない。だが、弟王子が結婚することで、またひっきりなしに縁談が持ち込まれるだろう。

そこまで話して、ブラッドリーはため息をついた。そういうことを考えられる時期ではないという。

三年前に二十を迎えると同時に立太子されたクラレンスは、将来を見据《す》えて今までよりも多くの仕事を割り振られて多忙なのだ。

「だからまあ、縁談はご遠慮願っていたのだが……」

「それについては、申し訳なく思っている」

背後から声がして、ローズマリーは思わず振り返った。少しだけ疲れた様子のオズワルドが、ちょうど応接室に案内されて姿を現したところである。

ブラッドリーは、そんなオズワルドの姿を見て目を細めた。口元に笑みを浮かべると、どうぞ、と声をかける。

彼は、手近なところにあった椅子に腰を下ろすと、運ばれてきたお茶を一口すすって息を吐く。

その姿を、ローズマリーは黙って見つめていた。口を開いても、なんと言っていいのかわからなかったからだ。

だが、そんなオズワルドにブラッドリーはからかうような声をかけた。

「随分絞《しぼ》られたみたいですね」

「これくらいのことは、もちろん覚悟してきましたから」

「殊勝なことで」

はは、と声を上げて、愉快そうにブラッドリーが笑う。それを神妙な顔つきで見ると、オズワルドは再びお茶に口をつけた。

しばらくの間、応接室に沈黙が満ちる。それを破ったのは、意外なことにオズワルドだった。

「ローズマリー、少し話がしたい。いいか？」

「はっ……話って何よ」

急に声をかけられて、思わず声が上ずってしまう。そんなローズマリーに、オズワルドは一瞬目をぱちぱちさせると、笑い出した。

「誓って変なことはしない。そうだな、庭でも案内してくれ」

「庭って……もう何回も来ているじゃない」

ローズマリーの返答に、ブラッドリーが噴《ふ》き出す。当のオズワルドは、微妙な顔つきでローズマリーとブラッドリーの顔を交互に見た。

——何がおかしいのよ。

笑われて憤然《ふんぜん》としたローズマリーが、頬を膨らませる。その向かいで、いやいや、と首を振りながら、ブラッドリーが肩を震わせてオズワルドに加勢した。

「ローズマリー、いいから行ってきなさい。殿下は、二人で話がしたいそうだ」

あ、と間抜けな顔をしたローズマリーに、オズワルドが手を差し出す。その頬が少し赤くなっているのは、ブラッドリーにずばっと指摘されたのが恥ずかしいからだろう。

こんな顔を、そういえば前にも見たことがあるような気がする。

あれは、いつだったか――


「ほら、ローズマリー」

「あ、うん……じゃなくて、はい」

いい加減、言葉遣いも改めなくてはならないだろう。いくら今まで気安くしていたとはいえ、相手は王子。そして、三か月後にはローズマリーの夫になるのだ。

だが、そんなローズマリーに、オズワルドは変な顔をした。

「調子が狂う……」

そうぼやいたオズワルドと、唇を尖《とが》らせたローズマリーの姿を、口元を押さえたブラッドリーは黙って見送った。


昨日は曇天だったが、今日は打って変わって晴天だ。少しずつ高くなった陽《ひ》を浴びて、庭の植え込みは爽やかな色を見せている。

アルフォード邸の庭は広い。走り回って遊んだ子どもの頃を思い出して、ローズマリーは微笑んだ。

ローズマリーが王城へ行くことの方が多かったが、オズワルドがここを訪れた回数もそれなりに多い。あの頃は、オズワルドが王子だということは知っていても、あんまり関係がなかった。

一度、ここでオズワルドと喧嘩になって、ローズマリーが大泣きしたことがあった。何が原因だったかはっきりとは覚えていないが、ローズマリーが何気なく口にした一言に、オズワルドが怒り出したのだ。

確かに、それまでも喧嘩をすることは多々あったが、ローズマリーが泣くほどの喧嘩はあれが初めてだったように思う。

それからではないだろうか。オズワルドが、たまにローズマリーに優しく接するようになったのは。

だがまあ、基本的には二人が、会えば舌戦を繰り広げる仲であることに変わりはなかったのだけれども。

そんなことを思い出していたローズマリーは、オズワルドが足を止めたことに気が付かなかった。

「なあ、ローズマリー、お前本当にいいのか？」

「え？　なあに、今更……まあ、オズワルドは不本意でしょうけど……」

改まった声音のオズワルドに困惑して、ローズマリーは背後を振り返った。その先で、オズワルドは妙に真剣な表情をしている。

「俺は別に……」

「いいのよ、わかっているから、私には隠さなくても。あなた、エイブラム団長が好きなんでしょう？」

「は……？　お前、まだそんなこと言ってんのか？」

オズワルドの声にわずかに怒気が籠《こも》る。だが、ローズマリーはそれには気付かず、肩をすくめて続けた。

「ああ、いいのいいの。ま、お互い不本意ではあるけれど、こうなったら仕方がないでしょう？」

「仕方がない……だと？」

オズワルドの瞳が不穏な輝きを帯《お》びる。それに気圧《けお》されて、ローズマリーは一歩後ろへ下がった。

「お、怒らせたのは悪かったわ……でも、オズワルドがあんなこと……いえ、逃げることもできたのに、オズワルドが幼馴染のよしみできちんと求婚してくれたのは、ありがたいと思っているわ。だからまあ、隠れ蓑《みの》になるくらいは……」

これは確かにローズマリーの本心でもある。人の口に戸は立てられない。隠ぺいしても、どこから話は漏《も》れるだろう。

男性であるオズワルドは、多少の火遊びは寛大な目で見てもらえる、それどころか、勲章のようにすら思ってもらえる。一方で、女性であるローズマリーは、ふしだらであるという烙印《らくいん》を押され、まともな結婚など望めなくなるのだ。

だが、オズワルドは何故か怒ったような顔をして、話の途中で一歩踏み出してきた。

「お前は、そう思ってるんだな？」

思わず一歩下がろうとして、ローズマリーはそれに失敗した。何故なら、オズワルドがローズマリーの腕を捕まえているからだ。

「――俺は、これを形だけの婚姻になんてする気はない。お前には、俺の子を産んでもらう」

きっぱりとそう断言したオズワルドの瞳が、ギラリと光る。

「えっ……」

「……今日はこれで帰る。とにかく、結婚を承諾したのはお前だ。逃げるなよ」

呆然《ぼうぜん》と立ち尽くすローズマリーをその場に残して、オズワルドは帰っていった。


その日から、ローズマリーはオズワルドに会っていない。正確には、忙しくて会う暇がない。ドレスの制作のために頻繁に王城に足を運んではいるのだが、オズワルドは初日にちらりと顔を出しただけだ。一つ二つお針子《はりこ》に指示を出すと、ローズマリーと会話をすることもなくその場をあとにした。

だが、婚約者に対する義理なのだろう。贈り物だけは三日とあけずにローズマリーの元に届けられる。

その一つが、今ローズマリーの目の前にあった。

「これはこれは、また……」

どこか楽しげですらある口調でそう呟くと、ブラッドリーはにやにやとした視線をローズマリーに向けた。その視線を受けて、ローズマリーはいたたまれない気分になる。

小さな箱におさめられているのは、一対の深い青色の貴石をあしらったイヤリングだ。そう、それはちょうど――

「まるでオズワルド殿下の瞳のようじゃないか」

「……婚約者に対する礼儀でしょ」

ぱちん、と箱のふたを閉めて、ローズマリーはにやつく兄を睨《にら》みつけた。その兄の手元には、オズワルドが直筆でしたためたカードがある。

「婚約披露には、これをつけてくるように、だってさ」

「……そう」

「見せびらかしたくて仕方ないんだろうなあ」

くっくっく、と笑いながら、ローズマリーの手にカードを渡す。それを眺めたローズマリーは、何気なくひっくり返して記された一文に気付いて、一気に顔を赤くした。

「こっこれっ……オ、オズワルドったら、いつの間にこういう……」

「いやあ……愛だな、愛」

「ほんっとに、そういうのじゃないですからね！」

そう叫んで、ローズマリーはばんとカードを机の上に置いた。そこにはこう記されている。

『愛しの婚約者、ローズマリーへ』

笑いながら部屋を出ていくブラッドリーの後ろ姿にじっとりとした視線を送り、ローズマリーは熱くなった頬を両手で挟み込む。自分の手が、やけにひんやりと感じた。

「……ほんと、そういうのじゃないでしょ……」

呟いた言葉には力がない。へなへなと崩れ落ちるように座り込んで、ローズマリーは机の上の箱をぼんやりと眺めていた。

そうしている間にも、日時は容赦なく過ぎ去っていく。

二週間など、あってないようなものだ。心の準備も整わぬうちに、ローズマリーは婚約披露の日を迎えてしまった。

「……ちゃんと、つけてくれたんだな」

「つっ……つけて来いって言ったのは、オズワルドでしょう……」

今日のオズワルドは、銀糸の刺繍の施された濃紺のジュストコールを身にまとい、先日アルフォード邸を訪れたときのようにきっちりと髪を撫でつけている。伸びた髪をまとめるリボンも、そのときと同じもの。

それが、ローズマリーの瞳の色と同じだと気が付いたのは、あの日オズワルドが帰ってからだ。

対するローズマリーの装いといえば、深い青のドレスに、同じ色をしたイヤリングをつけている。もちろん、オズワルドから送られたものだ。首元に飾られているのは、薄い青から深い青へのグラデーションが美しいネックレス。これは、父から結婚する娘への贈り物だ。

それに手を添えると、オズワルドはくすりと笑った。

「さすがアルフォード侯爵、良いセンスをしている」

正直、やりすぎではないかと思うほどの装いに、ローズマリーはいたたまれない気持ちになる。

「こんな……」

「やりすぎくらいがちょうどいいだろ」

こともなげにそう言って、オズワルドはローズマリーを抱き寄せた。思わぬ行動に、ローズマリーの心臓がどきんと大きく跳ねる。

「一年の婚約期間が待てなかった大馬鹿王子の婚約者だ。それくらいの恰好の方が、説得力がある」

「お、大馬鹿って……」

笑いを含んだ声音だが、その視線が妙に優しい。なんだかどぎまぎしてしまって、慌ててオズワルドの瞳から視線を逸《そ》らした。

「対外的にはそういうことになってる。ま、実際に手を出してるところを見つかったんだから、合ってるだろ」

「あ、あれは……！」

反論しようとしたところに、唇が降ってくる。ちゅ、と触れるだけの口付けを落として、オズワルドはにやりと笑った。

「もう、堂々とこういうことをしてもいいわけだ」

「そ、そういうこと、しないで……」

なんだかこの間から、オズワルドはおかしい。こちらがドキドキするようなことを、平気でしてくる。

――オズワルドが好きなのは、オルガレン団長でしょう……どうして、こういう真似をするの……

赤くなった顔を見られたくなくて、ローズマリーは俯《うつむ》いた。

――なんで、こうなったのかしら。

もちろん、原因ははっきりしている。だがこの二週間、流されるように準備に追われた中で何度も胸の中によぎった疑問は、このときもまだローズマリーの中でくすぶっていた。

婚約披露の会場内でのオズワルドは、それはもう理想的な婚約者そのものの姿を周囲に見せつけていた。ダンスが終わった後も、ローズマリーの傍から片時も離れず、常に寄り添い、熱い視線を送ってくる。

正直なところ、オズワルドからのそんな扱いに慣れていないローズマリーはどきどきしっぱなしだ。

きっと周囲からは、相思相愛の恋人同士に見えていることだろう。

――これも、オズワルドの作戦通りってことなのかしら。

挨拶に来た相手に向かって微笑みながら、ローズマリーは考える。その視界の端に、エイブラムの姿が映った。金髪の、おとなしそうな女性を伴《ともな》っている。

――あれが、オルガレン団長の婚約者かしら。

鍛え上げられた立派な体躯を持つエイブラムの隣にいると、ひどく華奢《きゃしゃ》で頼りなげな風情に見える。年の頃は、ローズマリーよりも少し上だろう。

ぶしつけに見つめてしまったことに気付かれたのか、それともタイミングを窺《うかが》っていたのかは定かではない。だが、エイブラムはちらりとこちらに視線を走らせると、にっこりと笑って近づいてきた。

「殿下、ローズマリー嬢、ご婚約おめでとうございます」

「あ、ありがとうございます」

エイブラムの視線が、まるで何もかもを見通すようにローズマリーに向けられている。ぎこちなくお礼を言いながら、ローズマリーはオズワルドに沿《そ》わせた手をぎゅっと握りしめた。

——そ、そうよね。恋人の婚約者なんて、つまりは恋敵《こいがたき》だものね。

そつなくふるまってはいるが、内心どう思っているかは測《はか》れない。ひきつりそうになる口元になんとか微笑みを浮かべてはいるが、緊張でどうにかなりそうだ。

「おい、余計なことは言うなよ」

「わかってる」

オズワルドの声が少し硬い。それもそうだ、こんな場所で二人のことを話したりなどしたら、すべてぶち壊しだ。オズワルドやエイブラムだけでなく、彼の婚約者にも迷惑がかかる。

しかし、そんなオズワルドの言葉に、エイブラムは苦笑した。

「まったく、殿下は素直じゃないんですから……」

「え？」

ぱちぱちと瞬《まばた》きして、ローズマリーはエイブラムの顔を見た。その顔には、いつもオズワルドの傍で見せていた優しい微笑みが浮かんでいる。

だが、ローズマリーはかすかな違和感を抱いた。

——なんでだろう、どきどきしない……

少し前までは、その笑顔に確かにときめいていたはずなのに。

そういえば、この二週間、エイブラムのことを、オズワルドがらみで思い出しはしても、それ以外ではまったく考えなかった。それどころか、婚約者と連れ立っている姿を見ても、なんとも思わない自分に気付いて呆然《ぼうぜん》とする。

日課にしていた鍛錬の見学にさえ行っていなかったことに、今更ながらに気付いた。

——いや、だってほら、忙しかったんだもの。

そう言い訳してみても、今彼の顔を見てもなんとも思わない。そのことがローズマリーを混乱させていた。


そんなローズマリーをさらに混乱させたのは、そのあとのオズワルドの突飛《とっぴ》な行動だ。

「ローズマリー、たまには息抜きをしよう」

婚約披露が無事に終わり、ほっと息をつく——暇もなく、ローズマリーは結婚式の準備に追われていた。

先日、素晴らしいスピードで婚約披露のドレスを仕上げてもらったばかりだというのに、元気なお針子《はりこ》たちはいつ休んでいるのかという勢いで、今度は婚礼衣装に取り掛かっている。

今日はその仮縫いということで、ローズマリーは王城の一室に閉じ込められていた。

そこへひょっこりと顔を出したオズワルドは、先の言葉を言い放《はな》つと返事を待つことなく、ローズマリーを部屋から連れ出してしまう。

「ちょっと、オズワルド……殿下、私、まだ仮縫いの途中で……」

「今更とってつけたように『殿下』なんていらん」

「返事になってない、ちょっと、オズワルド⁉」

にやっと笑うと、オズワルドはすたすたと歩き、自分の部屋にローズマリーを引っ張り込んだ。

思わず身体を固くしたが、顔見知りの侍女が何人かいるのを見てほっと力を抜く。

そんなローズマリーに、オズワルドは悪戯《いたずら》っぽく囁《ささや》きかけた。

「誰もいない方が良かったか？」

「そんなわけないでしょ、馬鹿！」

威勢よくそう噛みついたローズマリーの頭を、ぽんと一つ叩くと、オズワルドが侍女たちに合図を送る。ぞろぞろと近づいてきた侍女たちにドレスを脱がされそうになって、ローズマリーは慌てた。

「ちょ、ちょっとまって、何……やだ、オズワルド、あっち行ってて！」

にやにやしながらその様子を見守っていたオズワルドに怒声を飛ばすと、彼は肩をすくめて隣の部屋へと消えてゆく。その後ろ姿を見送って、ローズマリーが侍女たちに視線を向けると、一番年かさの老侍女が微笑んだ。

「こちらに着替えるように、と殿下の仰《おお》せです」

彼女が手にしているのは、ちょっと裕福な家の娘が着ているようなワンピースだ。少しくすんだピンク色をしていて、白い丸襟がかわいらしい。

「……これを？」

「ええ」

にこにこと微笑む老侍女は、それ以上の情報をローズマリーに教える気がないようだ。ふう、とため息をつくと、おとなしく彼女たちに従うことにした。

それが終わると同時にタイミングよく現れたオズワルドは、なんの説明もしないままローズマリーの手を引き、彼の庭にある入り組んだ生け垣を抜けてゆく。

――あ、ここ……

既視感を覚えて、ローズマリーは振り返る。確かここは、幼い頃によく遊んだ迷路だ。あの頃は、あんなに大きく見えたのに。

「懐かしいか？」

「あ、うん……ここでよく迷子になったわよね……」

ローズマリーが小さい頃の思い出に微笑むと、オズワルドは鼻の頭を掻《か》いた。

「……俺にとっては、難しくはなかったけどな」

「嘘よ。一緒になって迷ってたのはオズワルドでしょ」

二人一緒に迷子になって、クラレンスとブラッドリーに迎えに来てもらったこともあったはずだ。

そう指摘すると、オズワルドはかすかに頬を赤くした。

「そりゃ、お前……が、泣くのが面白かったからな」

「この、いじわる男……だからモテないのよ！」

べえっと舌を出したローズマリーに、オズワルドは少し困ったように笑った。誤魔化すように「ほら、行くぞ」と言うと、さっさと背を向けて歩き出す。

——あ、背中、広くなってる。

もう、お互いに子どもではない。それを見せつけられたような気がして、ローズマリーは黙ってそのあとを追った。

「さ、ここで……こうして……」

突き当たった行き止まりで、がさがさと繁《しげ》みに顔を突っ込んだオズワルドが、振り返ってローズマリーを手招きする。

「ここを通るの？」

「ああ、俺が先に行くから、後ろをついて来いよ」

言うが早いか、ローズマリーの返事も待たずに、生垣に空いた隙間に膝をついて這《は》って行く。相変わらず我が道を行く男だ、と思いながらも、ローズマリーは少しだけわくわくしながらそのあとを追って生垣にもぐり込んだ。


「あの服を見たとき、こういうことかな、とは思ってたけど……」

「こういうの、したことないだろ」

確かに、したことはない。そして、ちょっぴり憧れていたことは否定できない。だが、実際にはできるはずがない、それこそ夢物語だと思っていた。

高位貴族の令嬢であるローズマリーの外出には、必ず侍女が付き添うのが当たり前。それ以外にも、馬車の御者《ぎょしゃ》やら護衛やら……とにかく、街に出ようと思ったら、それなりの準備と人員が必要になるのだ。

それは当然、王子であるオズワルドも同じだと思っていたのだけれど……

人々が行きかう通りの隅で「そんなの、当たり前じゃないの」と胸中で呟いたローズマリーは、傍《かたわ》らに立つオズワルドの姿を頭の先からつま先までじろじろと眺めた。

艶のある黒髪は、目深にかぶった帽子の中に押し込まれ、綿のシャツを着崩してトラウザーズを履いた姿は、違和感なく周囲に溶け込んでいる。おそらく、何度もこうして抜け出しているのだろう。

逆に、品の良いワンピース姿の自分の方が周りから浮いているような気がして、ローズマリーは恐る恐るオズワルドに問いかけた。

「私……浮いてない……？」

「んー、まあ……」

「まあ、って何よ！　あなたが用意したんでしょう⁉」

食ってかかったローズマリーに、オズワルドは噴《ふ》き出した。

「大丈夫だろ、そんな勢いのある貴族の娘なんて、滅多にいない。いいとこ、大店《おおだな》のお嬢さんって感じに見える」

そう言われて落ち着いたものの、なんだか腑《ふ》に落ちない。よくよく考えたところで、まったく褒められていないことに気が付いて憮然《ぶぜん》とする。

しかし、そんなローズマリーの手を取ったオズワルドは、ご満悦《まんえつ》な笑顔で街の中心を指さした。

「さ、今日はデートだ」

「で、デートぉ？」

オズワルドに手を握られ、「デートだ」などと言われたローズマリーの顔が一気に赤くなる。

――デートってあれよね、恋人同士が出かける、アレ……

話には聞いたことがあるが、残念ながら婚約者さえいなかったローズマリーにとって、異性と二人で出かけること自体がまず初体験だ。

しかし、そんなローズマリーを見てにやっと笑ったオズワルドは、どんどんその手を引いて歩いていく。

街の中心部は、大きな通りとその中央にある噴水広場がメインだ。オズワルドは、その人混みでごった返す中をすいすい歩いてゆく。

呼び込みの店員に笑って手を振ったり、道端の露店を覗き込んだりしている様子は物慣れている。何度も抜け出しているという推測は、間違いなく当たっているのだろう。そんな確信を抱いて、呆《あき》れたようにため息をついたローズマリーは彼のあとを追いかけた。

「おい、ローズ……、お前、こういうの好きそうだな」

「え、あ？　わ、私？　わっ、かわいい……」

露店に並べられていたのは、小さなビーズを詰めた小瓶だ。安物なのだろう、いびつな形をしてはいるが、中に詰められたビーズがきらきらと光を反射して輝いている。

一つ手に取ってじっくり見てみると、中のビーズも形は揃っていないし、色も微妙に混ざっている。だが、逆にそれが色と反射する光に深みを与えているようで、ローズマリーはうっとりとそれを眺めた。

「一つ買ってやる。どれがいい」

「えっ……いいわよ、そんな」

はっと我に返って小瓶を戻そうとすると、店主がにこやかに声をかけてきた。

「いいじゃないか、お嬢ちゃん。最近、ここらじゃ流行《はや》りなんだ……恋人にこれを贈るのが。ほら、こっちの色なんか、彼氏の目の色そっくりじゃないか？」

「こっ……こいっ……!?　かっ……!?」

「お、ホントだな。おやじ、じゃあそれと……こっちの、色の薄いやつをくれ」

「まいど！」

恋人、などと言われてローズマリーが真っ赤になって絶句している間に、オズワルドと店主の間ではとんとん拍子に話が進んだ。気付いたときには、二つの小瓶が紙袋におさめられ、オズワルドが上機嫌に店主に手を振っている。

「ちょ、ちょっとオズワルド……」

「オズ、でいい。ほら、行くぞローズ」

絡め合わせるように握られた手がどうしようもなく熱い。胸がどきどきする。

——オズワルドが、恋人って言われたのを否定しないからよ……

結局、その手を振り払うこともできないまま、ローズマリーはふわふわとした気持ちで街をあちこち連れまわされたのだった。

夜、自分の部屋に持ち帰ったビーズの小瓶を揺らしながら、ローズマリーはそれを月明かりに翳《かざ》した。太陽の光ほどではないが、それでも月光に照らされたビーズがゆらゆらと淡い光に透《す》ける。

こんな風に、些細《ささい》な贈り物をもらうことも、憧れの一つだった。それが叶ったことに、思わず頬が緩《ゆる》む。

——こっちの方がオズワルドっぽい色になるわね。

ふとそう考えてしまって、ローズマリーは慌てて首を振った。

「オズワルドったら……どういうつもりなのかしら」

確かに、連日準備に追われて少し気鬱になっていた気分は晴れた。だが、ローズマリーの中には、繋いだ手の熱とオズワルドの笑顔が焼き付いて離れてくれない。

——そういえば、昔はよくあんな風に笑っていたわね。

喧嘩ばかりしていた自分とオズワルドだけれども、仲良く過ごした時間も確かに存在している。

夢見がちな少女だった——という自覚はある——自分は、よく物語の本を彼に見せては「こんなの、素敵よね」なんて話をしたりもした。その中にどんなことが書かれていたかなんて、もうほとんど覚えていないけれど。ふう、とため息をつくと、ローズマリーはごそごそと寝具にもぐり込んだ。

第三話　初夜

――ついに、この日を迎えてしまった。

ローズマリーはごくりとつばを呑み込んだ。

結局、仮縫いを途中で抜け出したせいで翌日も王城に行かなければならなかったのだが、お針子《はりこ》たちは文句ひとつ言わなかった。それどころか、きゃっきゃしながらオズワルドとローズマリーの仲の良さを羨《うらや》んでいる始末だったのだ。寄ってたかって祝福される空気は、結婚式当日となった今も変わらない。

曖昧《あいまい》な笑顔を返しながら、ローズマリーは彼の広い背中を思い出していた。そして、あの日の口付けも。

――いつの間にか、全然敵《かな》わなくなっていたんだわ。小さな頃は対等か、私の方が強いくらいだったはずなのに。

そんなことを思い出していたローズマリーは、誰かが室内に入ってきたことにも気付かなかった。

「おい、ローズマリー」

「ひゃっ……！」

ぼんやりしていたところに、背後から突然声をかけられて、ローズマリーはびくんと身体を揺らした。慌てて振り返ると、そこに立っているのはオズワルドだ。

白地に銀の刺繍を施した婚礼衣装に身を包んだ姿は、やはり見るだけなら抜群に恰好がいい。というか、美しい。

――この、隣に立つの……？

ローズマリーも、今日は一段と煌《きら》びやかに飾り立てられている。白地に銀糸の、オズワルドのものと同じ意匠の刺繍が施されたドレスも、今日のために誂《あつら》えられた真珠のイヤリングもネックレスも、ため息が出るような美しさだ。だが、そのどれもが彼の美貌《びぼう》の前では霞《かす》んで見えるだろう。

今まで「顔がいい」程度の認識だった幼馴染の姿に、ローズマリーは婚約披露のとき以上に気後《きおく》れを感じていた。

「ん。……綺麗、だな」

入ってきてしばらくは、じっとローズマリーの姿を眺めていただけのオズワルドの口から、そんな言葉が飛び出してくる。少しばかり照れ臭そうでいて、それでも微笑んでそう言ってくれるのは嬉しいが。

「どうせ、ドレスが、とか言うんでしょう」

「……お前なあ」

つい、憎まれ口の方が出てきてしまう。でも、実際そうだろう。ローズマリーとて、美貌《びぼう》をうたわれたアルフォード侯爵夫人の娘である。顔立ちは母親似と言われているし、実際そこそこ整っている方だ。

だが、こうして身なりを整えたオズワルドは格が違う。いつもこうしていれば、きっとモテたでしょうに……と考えて、ローズマリーは首を振った。

――そうだった、彼は別に女性にモテたいわけではなかったんだわ。

そんなことを考えている間に、オズワルドがカツカツと靴を鳴らして、ローズマリーのすぐそばまで近寄ってきていた。

その手が、真珠を飾った耳元を軽く撫でる。

「……綺麗なのは、お前。よっ……よく似合ってる」

「そっ……！」

――正直に言えば、驚いた。

ローズマリーは目を丸くして、目の前のオズワルドを見つめた。顔は真っ赤だし、視線は少し逸《そ》れているが、間違いなくそれはローズマリーに向けた言葉である。

「あっ……ありが、と」

「お、おう……」

素直に礼を言うと、二人の間にほんのりと甘い空気が漂う。だが、それを打ち破ったのは、無粋《ぶすい》なノックの音だった。

「殿下、そろそろお時間です」

そう言って、扉から姿を現したのはエイブラムだ。途端に甘い空気は霧散して、ローズマリーの心が急速に冷える。

――そう、だった。

滅多にないオズワルドの誉め言葉と空気に流されかけたが、そもそもローズマリーとの結婚は、彼が男色であることを否定しようとした結果である。つまりは隠れ蓑《みの》のようなものだ。

だというのに、うっかりオズワルドの言葉を信じてしまうなんて。

「ああ、失礼を。ローズマリー嬢、本日はおめでとうございます。よくお似合――」

「エイブラム、時間がないんだろう。行くぞ」

表面上にこやかにそう挨拶をしたエイブラムの言葉を、オズワルドの硬い声が遮《さえぎ》った。心なしか、表情も強張《こわば》っている。

――恋人に結婚を祝福されるのは、それはまあ嫌よね。

しかもエイブラムは、おそらくオズワルドとローズマリーが結婚に至った経緯について、正確なところを知っている数少ない人間に入る。きっとお互い胸中は複雑だろう。

出ていく後ろ姿に視線を送って、ローズマリーは花嫁らしからぬため息をついた。

大聖堂は、人で溢《あふ》れている。第二王子の結婚式ともなれば、当然そうなるだろう。

――国中の貴族が招かれてるんじゃないかしら。

実際にはそんなことはないはずだが、そう錯覚してもおかしくないだけの人数だ。これだけの人に囲まれるなど、ローズマリーにとっては初めての経験だった。少しばかり緊張に足が震える。

――婚約披露のときは、王都にいる貴族しか招かなかったものね……。

この後の結婚披露パーティーのことを考えて、ローズマリーはわずかにげんなりとした気分になった。おそらくは、挨拶だけでも相当の時間が取られるはずだ。

はあ、と大きなため息をつきそうになって慌てて呑み込む。その視界の端に、友人のすまし顔が映って、少しだけほっとした。

落ち着きを取り戻して小さく頷くと、それを合図に声楽隊の歌う讃美歌が祝婚歌にきりかわる。大聖堂の中心に引かれた真紅の絨毯《じゅうたん》の上を、ローズマリーは父とともにゆっくりと歩いていった。その先に待ち受けるのは、少し緊張した顔つきのオズワルドだ。

――本当に、結婚しちゃうんだわ。

この三か月間、準備に奔走してきたローズマリーの胸に、じわじわと実感が込みあげてきた。

老齢の司祭が、粛々とこれから夫婦となる二人への餞《はなむけ》の言葉を述べる。

「いついかなるときも、お互いを援《たす》け、慈しみ合い、愛情をもって――」

つきりとローズマリーの胸が痛んだ。隣のオズワルドをちらりと横目で見れば、彼は頭を下げ、目を閉じたまま静かに司祭の言葉に聞き入っている。

――愛情、か。

少なくとも、親愛の情はある。多分、お互いに。たとえ男女の愛情でなくても、嘘にはなるまい。そう自分を納得させて、ローズマリーも目を閉じると司祭の言葉の続きを静かに聞いた。

「――では、二人、誓いの口付けを」

司祭に促《うなが》され、お互いの方を向き合う。ローズマリーの視界に白い手袋が映り込み、その手がそっとローズマリーのかぶっていたヴェールを上げた。

見上げた先に、オズワルドの整った顔がある。目が合って、一瞬ローズマリーは背中がざわりとするのを感じた。

――なんで、そんな目をするの。

まるで、ローズマリーを逃がさないとでも言いたげな、獰猛《どうもう》な獣の目つきだ。

魅入られたように、その視線から目を逸《そ》らせなくなって、ローズマリーの喉が小さく音を立てる。

この距離で彼の顔を見るのは、二度目だ。その秀麗な美貌《びぼう》がゆっくりと近づき、それと同時にローズマリーの腰をぐっと引き寄せる。

「――っ、ちょっと、オズ……っ」

制止しようとしたが、腕の中に捕らわれたローズマリーに逃げ場はない。却《かえ》ってそれがアダとなって、オズワルドの舌が口腔に侵入するのを許してしまう。

両手に力を込めてみるが、力の差は歴然だ。きちんと鍛錬をしているオズワルドに、ローズマリーが敵《かな》うわけがない。

「っ、ふ――」

口の中を犯す舌の動きに、思わず漏《も》らしそうになったはしたない吐息を堪《こら》え、ローズマリーの目尻に涙が浮かぶ。満足したようにオズワルドが唇を離した頃には、すでに息も絶え絶えで、足に力が入らない。

せめてもの抵抗に睨《にら》みつけてはみたものの、目尻を赤く染めていては、迫力はかけらも出なかった。

「これで、お前は間違いなく俺のものだ――」

熱烈な口付けにどよめく周囲に笑顔を見せると、オズワルドはそうローズマリーの耳元に囁《ささや》いて、口元に少し歪んだ笑みを浮かべた。


――さすがに、だいぶ疲れたわね。

今すぐ寝台に飛び込みたいのを堪《こら》えて、ローズマリーは部屋に置かれた大きめの長椅子に腰かけた。深い紅に彩られた座面が柔らかく沈み、座り心地は最高である。

ここが、これから二人の――オズワルドとローズマリー、つまり第二王子夫妻の寝室になるわけだ。

部屋の内装についてはオズワルドに一任してあった、というか、ローズマリーはそこまで手が回らなかったので、彼に押し付けたという方が正しい。

寝室は、深紅を基調とした装飾に彩られ、オズワルドの部屋とはだいぶ趣《おもむき》が違っている。深紅、という色がいけないのだろうか、どことなく背徳感を漂わせる、そんな雰囲気だ。

オズワルドにしては大人びた雰囲気にしたものだ、という気がしないでもない。いったいどんな顔でこの内装を指示したのだろう。考えようとしたが、ローズマリーは目を閉じて緩《ゆる》く首を振った。

疲れていることもあるが、何よりも、今は別のところに関心がある。

目の前の机には、盆にのせられた軽食が用意されていた。正直なところ、これがとてもありがたい。

早速一つ摘《つ》まんで口をつけると、ほっとしたのか、お腹《なか》から、くう、と小さな音がした。

結婚披露パーティーでは、事前の予想に違わず挨拶に次ぐ挨拶で、料理に手を伸ばす隙などなかったからだ。それに加えて、いつもよりもぎちぎちに締《し》め付けられたコルセットが少しばかり苦しくて、それどころではなかったのもある。

結婚式での誓いの口付けを見ていた者たちは、こぞってオズワルドの寵愛ぶりを羨《うらや》ましいと言っては羨《うらや》み、二人の仲を祝福した。だが、真実を知っているローズマリーからすれば、笑って誤魔化すよりほかにない。

「ご寵愛、ねえ……」

なるほど、結婚を急いだのも、ことさら見せつけるように誓いの口付けをしたのも、オズワルドの作戦のうちだったのだろう。

真実の「ご寵愛」を隠すための。

まあ、オズワルドは寝室には来るだろう。何せ、初夜である。ご寵愛深い妻を放置はすまい。

だが、これは役に立たないだろうな、とローズマリーは自らの姿に視線を落とした。

誰が選んだかは知らないが、薄絹の寝間着《ねまき》は、ローズマリーの身体のラインが透《す》けて見えている。

魔術灯の光を軽く反射してつやつやと煌《きら》めくそれは、まず間違いなく最高級の逸品だろう。

ローズマリーでさえ、一瞬見とれたほどだ。

だが、その高級感に反して、着てみるとこれがまたものすごく頼りない。これだけはっきりと身体のラインが浮き出すなど、通常ならありえない話だ。それに、前を止めているリボンを解いたら、身頃《みごろ》が緩《ゆる》んで脱ぎやすいようになっている。

王城の侍女たちの手によってピッカピカに磨き上げられ、そんな薄くて淫《みだ》らな寝間着《ねまき》一枚を着せられて寝室へ送り込まれたわけだが――

果たして、オズワルドがローズマリーに触れたりするだろうか。

一応、これでも侯爵家の娘として、付け焼刃ながら花嫁の――いや、妻の閨《ねや》での心得は母から伝授してもらった。基本的には、閨《ねや》では夫の言うことをよく聞いてお任せするように、というやつだ。

あちこち触られたりするでしょうが、必要なことですからむやみに騒ぎ立てないように、と至極真面目な顔で言っていた母を思い出して、ローズマリーはくすりと笑った。

無意味に愉快な気持ちになって、軽食をもう一つ摘《つ》まむと、あーんと大きな口を開けてそれに齧《かじ》りつく。

「……とてもじゃないが、その態度、初夜を迎える花嫁には見えないな」

「んぐっ……オ、オズワルド!? どこから……って、そうか」

無人だと思っていた室内で唐突に声をかけられて、ローズマリーは一瞬喉を詰まらせかけた。んんっ、と胸元を軽く叩き、声の主を振り返れば、呆《あき》れたような笑みを浮かべたオズワルドと目が合う。

この寝室の扉は四つ。一つはもちろん廊下に面したもの、もう一つは浴室へと繋がるもの。そして、あとの二つはそれぞれ、ローズマリーの部屋、つまり王子妃の部屋と、オズワルドの部屋へと繋がっている。

ローズマリーの言葉にひょいと肩をすくめると、オズワルドは当然のようにどっかりと彼女の隣へ腰を下ろした。ついでのように、盆から軽食を一つ摘《つ》まむと、ぱくりと食いつく。

湯浴《ゆあ》みは済ませてきたのだろう、ほんのりと石鹸の匂いがする。シャツを着てはいるが、その胸元はいつかのように開いているし、まだ乾ききっていない髪は首筋に張り付いていて、ローズマリーをどきりとさせた。

──まるで、あのときみたい。

オズワルドとローズマリーの運命を変えたと言っても過言ではないあの日。それは、まだたった三か月前のことなのだ。

「ちゃんと乾かして来たらいいのに」

「……早く、来たかったからな」

そう呟いたオズワルドからは、かすかながらまだ酒精の匂いがする。風呂に入ったというのにこれでは、いったいどれだけ飲んだものやら、とローズマリーは心中で嘆息した。

──飲まなきゃやっていられなかったのか、飲まされたのかは知らないけど、ね。

だが、そのわずかに落ちた沈黙をオズワルドはどう捉《とら》えたのか、薄い笑みを浮かべた。

「なんだ、照れてるのか？　……そんな恰好をしておいて」

「ばっ……馬鹿言わないで、そんなわけ、な……んっ」

オズワルドに向き直った瞬間を、まるで狙われたかのように捕まえられ、唇を塞《ふさ》がれる。ぬる、と入り込んできた舌から強い酒の味がして、頭がくらくらした。

食らいつくようなその口付けが、ローズマリーを惑乱《わくらん》させる。彼が何を考えているのか、まったくわからない。

閉じることもできず、ただ見開かれたままのローズマリーの目に、ありえないほどの至近距離でオズワルドの顔が映る。間近で見る深い青の双眸は、燃えるように煌《きら》めいて、その色を少しばかり明るくしていた。その視線に射抜かれて、ローズマリーの背中をぞくりと甘い何かが這《は》いあがってくる。

「……っ、ん……まっ、んんんっ」

長い口付けに、ローズマリー同様、オズワルドも息が苦しくなったのか、一瞬唇が離れた。その隙に文句を言おうとした途端、抗議は受け付けないとでもいうように、再び唇を塞《ふさ》がれる。今度は、角度を変えてより深く、先程よりももっと奥へ。ぬめる舌先が入り込み、ローズマリーの舌の付け根をたどってゆく。ざらつく舌でそこを擦《こす》られるたび、ローズマリーの身体の奥が疼《うず》き、頭に霞《かすみ》がかかったように物事が考えられなくなる。

だが、オズワルドはそれでは満足できないとでも言いたげに、舌を絡めとり、ぐちゅぐちゅと音を立てて擦《こす》り合わせると、混じり合った唾液を飲み込ませた。合間に性急な手つきで身体中を撫でまわされると、そこから熾火《おきび》で炙《あぶ》られるように、身体が熱くなってゆく。

ローズマリーの口から洩《も》れるささやかな喘《あえ》ぎは、すべてオズワルドの口の中へと飲み込まれた。

執拗で貪《むさぼ》るような口付けが終わった頃には、ローズマリーの身体はすっかり力をなくしてしまう。身体を起こすこともできず、ローズマリーはくったりとオズワルドの胸元にもたれかかった。

「……熱いな」

オズワルドの掠《かす》れた声に、ぴくんと身体が跳ねる。胸の先が彼の胸板に擦《す》れて、じんじんと疼《うず》くのが止まらない。

確かに自分の身体に起きていることなのに、どうなっているのかわからない。当惑をにじませた瞳でオズワルドを見上げると、彼は真っすぐにローズマリーを見下ろしていた。

「悪いな、こんなところじゃ……寝台へ行くか」

「え、あ、あの、オズワルド……」

「言っただろう、ローズマリー」

双眸をぎらつかせたまま、オズワルドはきっぱりと告げた。

「お前には、俺の子を産んでもらう——ここまで来て、拒否はしないだろう？」

部屋の中に、一瞬沈黙が下りた。返事をしよう、と口を開きかけたローズマリーは、だがそれよりも早くオズワルドに抱えあげられて、小さく悲鳴をもらす。

そんなローズマリーを見て、オズワルドが一瞬笑ったような気がした。

「ちゃんと言っただろう。もちろん、覚悟は決めてきたんだろうな」

「そ、そ……それは、もちろん……」

もちろん、大嘘だ。そんな覚悟、決めていようはずもない。だが、オズワルドに弱みを見せたくなくて、ローズマリーは虚勢を張った。震える唇になんとか笑みの形を取らせると、オズワルドの顔を見上げる。

だが、声が震えてしまうのまでは隠しきれない。

「ちゃ、ちゃんと役目は果たしますとも……！」

「役目、ね……」

思い切ってそう口にしたものの、その瞬間にオズワルドの目が冷たく光ったような気がして、ローズマリーはひゅっと息を呑んだ。

「ふぅん……じゃあ、その役目、これからきっちり果たしてもらおうか」

そう言うが早いか、オズワルドは人ひとり抱えているとは思えない速さで寝台に向かって歩き出す。

思わず彼の胸元をぎゅっと掴むと、上から苦笑めいた響きが降ってきた。

だが、思わぬ展開にうろたえたローズマリーは、ただ必死で縋《すが》り付くばかりで、そんなことには気付きようもない。

——こ、このまま寝台に着かなければいいのに！

祈りもむなしく、たった数歩程度の距離はあっという間に踏破《とうは》され、柔らかな寝具の上に降ろされる。

オズワルドの視線が熱い。それこそ舐《な》めまわすかのような視線が身体の上を這《は》っていくのが、はっきりとわかる。

薄絹の寝間着《ねまき》は、寝転がると身体に沿《そ》ってそのかたちを露《あらわ》にしてしまう。それに今更ながらにやっと気が付いて、ローズマリーは慌てて胸元をかき寄せた。だが、その手をオズワルドにつかまれ、寝台に押し付けられる。

「隠すなよ」

「だ、だって、こんな……は、恥ずかしいじゃない……」

ローズマリーの言葉に、オズワルドは今度こそはっきりと笑みを浮かべた。

「これからもっと恥ずかしいことをするのに？」

「はっ、恥ずかしいことって……何よ」

いや、わかっている。確か、母が教えてくれたはずだ。まず、着ているものを脱がされ――

ローズマリーがそんなことを考えていられたのもそこまでだった。屈《かが》み込んだオズワルドが、ローズマリーの胸に寝間着《ねまき》の上から吸い付いたからだ。

「ひゃ……、やっ、オズワルド……何を……！」

胸の頂《いただき》を吸われ、背中にびりびりとした快感が走る。薄絹の上から、オズワルドの舌が先端を押し込んだり、逆に尖《とが》り始めたところをちゅうっと吸い出したりすると、身体が勝手にわなないてしまう。どこかもどかしささえ感じるその行為から、目を逸《そ》らすことができない。

せめて、口からこぼれるはしたない声だけでも押さえたいが、両手をしっかりと捕まえられたローズマリーには、成《な》す術《すべ》がなかった。

「あ……っ、や、やだあ……そ、そんなとこ、吸っちゃ……ん、んんっ」

「ほら、ローズマリー……見えるか、これくらいで、お前の身体、敏感なんだな……」

ようやく思いついて唇を噛みしめたところで、オズワルドが顔を上げる。その視線の先がどんな状況なのか気が付いて、ローズマリーの顔が一気に熱くなった。

薄絹は唾液で濡れて、その下から紅《あか》く色づいた乳首が透《す》けて見えている。その淫靡《いんび》な光景に息を呑む。反対側も先端が尖《とが》り、生地を押し上げてしまっていた。そこがじんじんと疼《うず》き、先程と同じ刺激を待ちわびているのを自覚して、ローズマリーの羞恥はさらに増してしまう。

堪《こら》えきれず、はあ、と切なげな吐息を漏《も》らしてしまったローズマリーに、オズワルドはにやりとすると、その場所にふうっと息を吹きかけた。

「ひゃ、あん……」

とっさに身をすくめ、首を縮めたローズマリーだったが、じんじんとした疼《うず》きは増すばかりだ。だが、オズワルドはその反応がお気に召したのか、さらに同じように息を吹きかけてはローズマリーが密《ひそ》やかな喘《あえ》ぎ声を漏《も》らすのを楽しんでいる。

「んっ……もう、やだあ……じんじんする……っ」

何度も緩《ゆる》やかな刺激だけを与えられて、もどかしさが頂点に達する。ローズマリーは目に涙を溜め、首を振って胸を突き出した。すでに勃《た》ち上がりきった乳首は、うずうずとして自分ではどうしようもない。

身をよじって涙交じりに訴えると、やっとオズワルドがその先端に舌先を伸ばした。軽くつつかれるだけで、びりりとした快楽が身体の奥へと走ってゆく。ああっ、とローズマリーが声を上げると、オズワルドも鼻息を荒くして尖《とが》った先端を口に含み、吸い上げる。

それと同時に、いつの間にか離されたオズワルドの長い指が、濡れた方の先端を摘《つ》まんで指先で引《ひ》っ掻《か》いた。

「あっ、あっ……や、そ、そこ、同時にそんなッ……」

ローズマリーは息が上がり、溢《あふ》れる嬌声《きょうせい》を止めることすら考えられない。大きな掌に乳房全体を揉みこまれ、反対側は先端を舌先で嬲《なぶ》られ、体中が茹《ゆ》だったように熱くなっている。

「こ、こんなっ……きいてな……っ」

自分の身体がこんなに淫《みだ》らな反応をするなんて、誰も教えてくれなかった。熱に浮かされた頭で、ローズマリーは必死になって理性を繋ぎ止めようとする。

だが、オズワルドの手がそれをどんどん打ち壊してゆく。

いつの間にか、寝間着《ねまき》の前を止めていたリボンが解《ほど》かれて、身頃《みごろ》が緩《ゆる》んでいる。その合わせ目から忍び込んだ熱い手が、ローズマリーの肌に直《じか》に触れた。

「うわ、すごいな……しっとりして、吸い付く……」

腰から撫で上げて、下から豊かな乳房を持ち上げたオズワルドが、感極まったように呟いた。彼の指の感触は、思っていたよりも硬く、ごつごつしている。それは、オズワルドが普段から剣を握っているからだ、と今更ながらに気が付いた。

――昔と、全然違う……

泣いたローズマリーの手を引いて歩いてくれた頃、彼の手はもっと柔らかくて小さかった。それが今ではすっかり男らしい、ごつごつした大きな手になって、こうしてローズマリーに――あの頃想像もしなかったような触れ方をしている。

それがあまりにも恥ずかしくて、ローズマリーは何も考えられなくなってしまう。

「あ、あぁっ……」

すっかりむき出しにされた肌が、薄紅色に染まっている。その肌の上を、少しだけ日焼けしたオズワルドの手が這《は》い、指先が濃く染まった頂《いただき》を嬲《なぶ》った。そうかと思えば、ふっくらとした、だが張りのある豊かな膨らみを、彼の手が形を変えるほどに揉み、甘い疼《うず》きを腹の奥へと送り込んでくる。

「全然、もう昔と違うな……こんなに、育って……」

感慨深げに、オズワルドはそう呟いた。同感だが、何かが違っているような気もする。どこを見て言っているんだ、と言ってやりたいが、口を開くとあられもない声しか出てこなくて、ローズマリーはきゅっと唇を噛みしめた。だが、それに気付いたオズワルドが、とがめるような視線を向けてくる。

「よせ、唇が切れるぞ」

「だ、だって、あ、あんっ……や、あっ、ああ……ッ！」

だったらその手を止めてほしい。そう思ったローズマリーだったが、言葉にすることは叶わなかった。

するすると身体の側面を撫でた手が、腹の上を慈しむような手つきで撫で、その下へと降りていく。そうして、彼女のぴっちりと閉じられた足の間に、するりとその手を忍ばせた。

秘められたあわいを、彼の節のある指が撫でる。くち、と小さな水音がして、ローズマリーは身体がさらに熱くなるのを感じた。

「や、待って、オズワルド……っ」

「駄目、役目を果たすんだろ？　さ、足を開いて」

一瞬、何を言われたのか理解できず、ローズマリーはまじまじとオズワルドの顔を見た。

そうして落ちた沈黙をどう捉《とら》えたのか、オズワルドの視線が険《けわ》しくなる。それにびくっとして目を逸《そ》らしたローズマリーの足に、手がかかった。

「ほら……」

すでに力など入らない足を抱え上げ、折り曲げると、オズワルドは両膝に手を置いた。力なく合わせられているだけの足を開くなど簡単だろうに、彼はそこで一旦止まると、ローズマリーを促《うなが》すように声をかける。

だが、そのオズワルドの視線に怖《おそ》れを感じて、ローズマリーの身体は固まったかのように動かない。

「や、オズ、ワルド……」

声が震えそうになるのを必死に押し殺してなんとか口を開いたが、何を言っていいのかわからない。オズワルドの真剣な眼差しに射抜かれ、ローズマリーはただ緩《ゆる》く首を振った。

そんな場所を、自分で開いて見せるような淫《みだ》らな真似は、到底できない。

だが、オズワルドはまったく容赦しなかった。じっとローズマリーが動くのを待っている。

「ローズマリー」

その声音の思いがけない優しい響きに、ローズマリーは恐る恐る彼に視線を戻した。いくらか和《やわ》らいでいるものの、そこにあったオズワルドの瞳の奥に燃える情欲の炎は、一層高まっているように思える。

ローズマリーが一瞬息を呑むのと、オズワルドが懇願するように言葉を発したのはほぼ同時だった。

「頼む……ここからは、お前が、お前の意志で受け入れてくれ」

「私の……？」

まるで、半端な覚悟でこの場に臨《のぞ》んでいることを見破られたようで、ローズマリーの心臓がどきりと音を立てた。それと同時に、彼は勢いだけでこの場にいるのではない、という覚悟を見せられたようで、心がざわつく。

――そ、そうよ……決めたじゃない、ローズマリー！

オズワルドを夫にする、ということは、彼の子を産まなければならないということだ。それを理解して嫁いできたはず、だった。

だが、それでもやはり――オズワルドは自分を抱くことなどないのでは、と思っていたのが実際だ。

いや、今でも半分くらい、これが現実に起きていることだという感覚は薄い。

――だって、オズワルドは……

呪文のように、心の中で繰り返してきた言葉をもう一度思い出そうとするが、それをオズワルドの熱い掌が阻《はば》む。そっと膝頭に置かれているだけなのに、やけに鮮明なその感触が、ローズマリーを捉《とら》えて離さない。

ローズマリーの身体も熱を持っているのに、彼の手はさらに熱い。そのことに気が付いて、ローズマリーはようやく覚悟を決めた。

――少なくとも、今は私を求めてくれてる、のよね。

ぎゅ、と手のひらを胸の前で握りしめて、ローズマリーは力いっぱい目を閉じた。

瞼《まぶた》の裏に浮かぶのは、あの日、プロポーズに来てくれたオズワルドの姿だ。

力の入らない足をなんとか動かして、そうっと膝を開いてゆく。それが、彼がこれまで見せてくれた誠意に応《こた》える道だと思ったから。

ごく、とオズワルドがつばを呑み込む音が鮮明に聞こえた。

「はッ……いいん、だな……？」

熱い吐息と掠《かす》れた声が、ローズマリーの覚悟を問う。それに、こくりと頷きを返す。

それが、ローズマリーにできる精いっぱいだった。

「じゃ、ローズマリー……目を開けて、ちゃんと見てて」

「えっ……」

もういっぱいいっぱいだというのに、オズワルドは更なる要求を突き付けてくる。戸惑いの声を上げると、オズワルドは静かにその瞼《まぶた》に口付けた。それから、唇をそっと移動させて、耳元で囁《ささや》く。

「自分が誰のものになるのか、ちゃんと見て」

その声音は、優しいのに背筋が粟立《あわだ》つほどの熱を秘めていた。逆らうことを許さない、強い意志を秘めたその言葉に、操られるようにしてゆっくりと目を開ける。

すると、至近距離にオズワルドの深い青の瞳があった。

「ひゃ、ん、んっ……」

よくできました、とでも言いたげに、優しく微笑んだオズワルドが、ローズマリーの唇を食《は》む。それと同時に、薄い下生えをかき分けて、オズワルドの指が再び秘裂をなぞりあげた。
二、三度往復した指が、花芽を掠《かす》めると、ローズマリーの腰が跳ねる。んっ、と鼻にかかった声は、オズワルドの口の中へと消えていった。
くちくちと蜜口を撫で、にじみ出る蜜を纏《まと》わせた指が、感じやすい芽を擦《こす》り、くにくにと捏《こ》ねる。そのたびに、まるで雷に打たれたかのような感覚が身体の中を走ってゆく。それが快感だということを、ローズマリーはすでに知っていた。だが、なんとかそれを逃がそうとするものの、空いた手に抱きしめられ、唇を塞《ふさ》がれていてはどうしようもない。

次第に、蜜音はぐちゅぐちゅといやらしい響きになり、ローズマリーの頭の中を甘くとろかせてゆく。

「ん、ん、んんんッ……」

縋《すが》るものを求めて、オズワルドに抱き着くと、口付けはより一層深さを増した。溢《あふ》れる蜜を潤滑剤に、蜜口から指が侵入する。ぴり、と痛みを感じて思わず爪を立てると、オズワルドはふっと笑ったようだった。

「痛かったら、もっと爪を立ててもいいからな」

そう告げると、オズワルドの指が浅い場所を撫で、探《さぐ》るようにうごめき始めた。初めての感触に怯えるローズマリーの背を、優しい手つきが宥《なだ》める。

潜り込んでは引き、引いては潜り込む、を続けていくうちに、怯えていたローズマリーの身体から力が抜け始め、声にも甘いものが混じり始めた。

やがて、オズワルドの指はもう少し奥へと進んでゆく。それがぐるりと膣壁をなぞると、ローズマリーの腰が跳ねた。

「あ、あっ……や、何……っ」

「ん、この辺《あた》りか……？」

ぎゅう、としがみ付いたローズマリーに、宥《なだ》めるように口付けを落とすと、オズワルドはさらに慎重に指を動かす。それが丁度ローズマリーの良いところを探り当てたらしい。

痺《しび》れるような快感が、ローズマリーの背を走り、胎《はら》の奥から蜜が溢《あふ》れ出す。にんまりと笑ったオズワルドが、そこを重点的に攻め始めた。

「や、だ、だめっ……そ、そこやだあ……っ！　あ、あっ、や、だめ、や……ッ」

「ん、大丈夫、大丈夫……気持ちいいだろ？　ほら、こんなに溢《あふ》れて……」

ローズマリーがいくら懇願しても、オズワルドの指は動くのを止めない。それどころか、背中を撫でていた手が、いつの間にか花芽を弄《もてあそ》び始めている。

初めて感じる内からの快感と、先程覚えたばかりの外からの快感を同時に与えられて、ローズマリーは頤《おとがい》を逸《そ》らし、背筋をしならせた。

「こっちも……？」

「や、あっ、あああっ」

そういう意味じゃない、と訴えたくても、飲み込まれそうな快感の渦には勝てない。うずく胸の先を吸われ、花芽と蜜洞をオズワルドに甘く激しく責められて、目の前がチカチカする。

「あ、あっ、や、だめ、こわ、こわい」

まるで、精神がどこかへ飛んで行ってしまいそうな気がする。じゅぷじゅぷと音を立てて行き来する指が、覚えたての快楽を容赦なく突き付け、その身体を翻弄《ほんろう》した。

救いを求めて捕まえたオズワルドの頭は、だが却《かえ》ってローズマリーの胸に押し付けられる結果となり、じゅる、と音を立てて先端を吸われ、甘噛みされると、わけがわからなくなる。

自分がこんな淫《みだ》らな反応をしている、その事実もまたローズマリーを追い詰めた。

「あっ、あっ……あああ……ッ！」

視界が白く染まってゆく。どこか遠くへ放り出されそうな心持ちがして、オズワルドの黒髪をぎゅっと握りしめ、歯を食いしばる。しかし、堪《こら》えるのはすでに限界だった。

にゅる、とオズワルドの指がさらに奥へ入り込むのと同時に、ローズマリーは大きな波に攫《さら》われるように頂点を極めた。

その息もまだ整わぬうちに、蜜口に熱い楔《くさび》が押し当てられる。その意味を理解して、ローズマリーは身体をこわばらせた。

「や、待って、今、達したばかりで……」

「もう、むり……」

あんなの見せつけられて、これ以上我慢できるわけがないだろ、と小さな声で呟くと、オズワルドはその熱杭に溢《あふ》れた蜜を纏《まと》わせるかのように、秘裂を往復させた。

達したばかりのローズマリーの身体は、その先端が花芽に擦《す》れるたびに震え、また新たな蜜をこぼす。

あまりにも淫猥《いんわい》なその光景に、ローズマリーはいやいやと首を振った。

「……あんまり、時間を置くと辛いらしいから」

ローズマリーの腰を掴んだオズワルドが、ぼそりとそう呟く。いったい誰に聞いたのか、と思わず問いそうになって、ローズマリーはそれを呑み込んだ。いや、そうでなくても言葉など発する余裕がない。

——らしいって、聞いたの？　誰に……!?　ま、まさか陛下じゃないわよね。

思い浮かんだ想像に、ローズマリーは慌てて首を振った。さすがに国王が息子に閨《ねや》のなんたるかを教えるさまなど想像できない。

そんな馬鹿なことに気を取られている間に、オズワルドの肉茎が、ローズマリーの蜜口にひたりと当てられた。その熱さは、まるで火傷をしそうなほどだ。

思わず視線をやった先、その猛《たけ》りの威容を見てしまったローズマリーは、ひっと息を呑み込んだ。

「ま、待って、まっ……」

「待てない」

ぐい、と押し込もうとして、にゅるりと滑る。そんなことを二、三度繰り返して、ようやく先端が中へと入り始めた。

つぷん、と入り込んだ熱杭が、蜜のぬめりに助けられてじわじわと進んでゆく。だが、思ったよりも中が狭いのだろう。苦しげな表情で、オズワルドは慎重に腰を進めた。

「や、オズワルド、そんな大きいの、それ以上入るわけない……」

「お、お前……ッ」

ぐ、と圧迫感が強くなる。痛みに顔をしかめたローズマリーを見て、オズワルドはますます苦しそうな表情を見せた。

だが、じわじわと進む肉槍は止まらない。

「い、いたい……」

「悪い、もう少しだけ……」

ちゅ、と口付けを落とされて、一瞬意識が逸《そ》れる。伸びた舌に唇をつつかれて、条件反射のように唇を薄く開く。そこへ、オズワルドの舌が滑り込んできた。

舌を絡めとられて吸われると、意識はそちらに集中してしまう。

「ん、ん……ッ」

その隙を待っていたかのように、一気に貫《つらぬ》かれる。涙がにじんで、ぎゅうっとしがみ付いたオズワルドの背中に爪を立ててしまった。

軽く顔をしかめたオズワルドと、視線が合う。

「悪い、痛かっただろ……」

はあ、と荒い息を吐きながら、オズワルドはローズマリーの髪を撫でた。それに頷きかけて、慌てて首を振る。だが、そんなローズマリーを見て、オズワルドは苦笑した。

「いや、だってお前……すっごいしがみ付いてたし……ほら、涙も」

「……そ、そっちこそ……私、思いっきり爪立てちゃったし……」

さすがに見ることはできないが、おそらくひっかき傷くらいはできているだろう。そう心配したローズマリーだったが、オズワルドは妙に嬉しそうな顔を見せた。

「これくらい、もっと付けたっていい」

「え、もっとって……」

これで、オズワルドが子種を吐き出せば、行為は終わるはずである。ローズマリーが首をかしげると、彼は呆《あき》れたようにため息をついた。

「もうちょっと付き合ってもらうからな」

「え、あ、オズワルド……ッ⁉」

なじませるようにゆるゆると動いていた肉茎が、その動きを大胆にし始めた。引いては突き、突いては引く、を繰り返されているうちに、痛みの中にぞわぞわとした快感が混じり始める。

さらに中をかき混ぜるように動かされると、ローズマリーの身体ははっきりと快感を拾い始めていた。じゅぶじゅぶと淫《みだ》らな音が、室内に響き渡る。

――う、嘘……何、これ……っ

大きな杭に中を擦《こす》られるたび、目の前に火花が散る。ぱんぱんと乾いた音が鳴り、腰を打ち付けられるたびに、甘い喘《あえ》ぎが唇から勝手にこぼれ、胎《はら》の奥からどんどん蜜が溢《あふ》れてゆく。

「あ、やあ、なんか、またきちゃう、きちゃう……っ」

「それを、イクって言うらしいぜ」

額に汗を浮かべたオズワルドが、眉間にしわを寄せたまま、そう囁《ささや》いた。ぽたり、と落ちた汗が、ローズマリーの薄い腹に落ちて、つうっと流れた。

「い、いく……？」

「ああ」

そう言って頷くと、オズワルドの動きは強く、激しさを増した。その抽送《ちゅうそう》に合わせて、ローズマリーの身体も揺れる。赤みのある金の髪が揺れるのを、オズワルドが眩《まぶ》しげに見つめた。

やがて、ローズマリーの身体は快楽に流され、きゅうきゅうと中のオズワルドを締《し》め付ける。う、と息をつめたオズワルドが、ローズマリーの腰を持つ手に力を込めた。

「あ、ああっ……いく？　私、いっちゃうの……！」

「お、おれも……ッ」

はあはあと、お互いに息が荒い。必死にオズワルドに手を伸ばし、ローズマリーはどこかに飛んでいきそうな自分をなんとか繋ぎとめようとした。だが、それを許してくれないのもまたオズワルドだ。

「あっ、イ、イく、イっちゃ……！」

「んっ……」

ローズマリーがオズワルドの背に爪を立て、達すると同時に、オズワルドもまた欲を解放する。

そのまま、どさ、と倒れ込んできた彼の身体の重みを感じて、ローズマリーはなんだか胸がいっぱいになった。


「い、いいから……」

「お前、動けないだろ……ほら、いいからやらせろって」

どこにそんな元気を残していたのだろう。しばらくの間、ローズマリーの髪を弄《もてあそ》んでみたり、首筋に吸い付いたりしていたオズワルドだったが、ふと気付いたように起き上がると、浴室の方へと姿を消した。

しばらくして戻ってきた彼の手には、濡れた布がある。

「ほら、拭いてやるって」

「や、自分でできる……」

起き上がろうとして、ローズマリーはまったく身体に力が入らないことに気付いた。それどころか、身体のあちこちが痛い。特に、足の間はまだ何か挟まっているような気さえする。

そんな彼女を見て、オズワルドは口元ににんまりとした笑みを浮かべた。

「ほら、な？」

勝ち誇ったようなオズワルドに、素直に頷くのは悔しい。だが、身体が動かないのも、べたべたして不快なのも事実である。

仕方なく、ローズマリーは彼の好きなようにさせることにした。

さすがに、拭いてもらうと身体はさっぱりする。だが、女性として何か大切なものを失ったような気がする。特に、足の間を拭かれるのは、とてつもなく恥ずかしかった。できればしないでほしかったが、動かない手足ではろくな抵抗もできない。

何故か嬉しそうにもろもろの後始末を終え、ご丁寧に脱がせた寝間着《ねまき》を着せ付けてくれたオズワルドは、ズボンだけを履くと隣にごそごそと潜り込んできた。

そのまま再び、ローズマリーの髪を弄《もてあそ》び、口付けを落とす。少しだけ甘い空気が、二人の間に流れた。

「いやー……しかし……その……」

「なんなの……」

しばらくすると、オズワルドは突然口を開いた。

すでに、肉体的疲労に加え、精神的疲労まで追加されたローズマリーは、何やらもごもごと話し出したオズワルドに冷たい視線を向けてしまう。できれば速《すみ》やかに寝かせてほしい。

だが、頬を赤らめたオズワルドは、そんなローズマリーの視線には一切気付いていないようだった。

「お前、その……成長したなあ」

「そんなの……お互い様でしょ」

　何が言いたいのかわからない。　ローズマリーがイライラしだした頃、オズワルドはこうのたまった。

「お前さ、いつも随分胸を潰してドレス着てたんだな。今あるやつ、仕立て直した方がいいんじゃないか？」

「なっ……ど、どこ見てんのよ！」

「どこって……そりゃお前、全部……」

オズワルドがすべて言い切らぬうちに、ローズマリーは最後の力を振り絞《しぼ》って、彼に枕を投げつけた。

第四話　甘い日々

結婚してから、オズワルドは優しくなった――ような気がする。

今日も王妃の御前に伺候《しこう》しながら、ローズマリーはそんなことを考えていた。

「あら、ローズマリー、そこは違うわ」

「あっ……申し訳ございません」

ぼんやりとしていたせいだろう。せっかくの王妃自らの指導だというのに、どこか順番を飛ばしてしまったようだ。

侯爵令嬢として一通りの教育を受け、世間的には模範的淑女として過ごしてきたローズマリーであるが、王宮内にはまた独自の礼儀作法がある。普通なら、嫁入り前に教わるべきことだが、何せ急ぎの結婚をした身。検討された結果、現在まだいない王太子妃の代わりに王妃の手伝いをしながら覚えてゆくということになった。

それで、こうして毎日、昼過ぎから王妃の元に通うことになったわけである。

「いいのよ、結構めんどうなのよね、これ。まあ、やっていくうちに覚えるでしょうから」

「ありがとうございます」

微笑んだ王妃の言葉に、ローズマリーは深々と頭を下げた。

おっとりと微笑む王妃は、年齢の割に若々しい。豊かな金の髪と緑がかった青色の瞳をしたその顔は、やはり親子だけあってオズワルドと面差《おもざ》しが似通っている。

幸いにして、オズワルドの両親である国王とも王妃とも、ローズマリーは旧知の仲であった。両親と親交のある二人は、ローズマリーを自分の子どものようにかわいがってくれていて、誕生日にはいまだに欠かさず贈り物が届く。

直接会う機会はほとんどなくなっていたが、あまりにも変わっていない姿に驚いたのは最近の話だ。

結婚のきっかけがきっかけであるだけに、ローズマリーとしては最初身の置き所のない気持ちであった。だが、国王夫妻は「オズワルドが堪《こら》え性もなく」と頭を下げたほどで、ローズマリーに対してはどちらかといえば好意的である。

それどころか、二人の結婚を一番喜んだのが王妃だったのだから、ローズマリーとしては複雑な気分だ。

「ごめんなさいねぇ……まだ新婚だというのに」

「い、いいえ……とんでもございません。こちらこそ、ご指導いただいている身ですのに」

今日はここまで、と告げた王妃に、もう一度深くお辞儀をする。すると、王妃はふっと軽く笑みを漏《も》らした。

「そんなにかしこまらないでちょうだい。あなたは私たちにとっては娘も同然だったし……今はオズワルドの妻なんですもの、もう家族でしょう？」

「……畏《おそ》れ多いことですが、そう言っていただけて……」

「ほら、また……もう指導時間は終わりです。これからは、親子としてお話しましょ」

そう言うと、王妃は朗《ほが》らかに笑った。ローズマリーもそれにつられて笑みを浮かべる。

お茶の支度《したく》が整いました、という侍女の声に促《うなが》されて、二人は庭に設《しつら》えられた丸テーブルを囲む。

「オズワルドも忙しくしているのでしょう？　まだ新婚なのに、陛下も気が利かないったらないわね」

「いえ、もともとそういうお約束だったと聞いておりますので……」

席に着くや否や、唇を尖《とが》らせた王妃が口を開く。どうやら不満が溜まっているようだ、とローズマリーは内心で苦笑した。

結婚して一週間が経ったが、ゆっくりと休めたのはたった三日だ。

オズワルドは結婚を機に騎士団総括の地位に就《つ》いたし、ローズマリーもこうして王妃の元に通っている。二人とも、新婚とは思えぬほどに忙しい毎日を送っていた。

意外だったのは、彼がとても勤勉なことだ。正直なところ、いつ来ても鍛錬所で暇そうにしている姿しか見ていなかったローズマリーは、総括の任に就《つ》いてからの彼の言動に驚いたものだ。

昨日など、帰りは深夜だったくらいなので、相当真面目に取り組んでいるらしい。

「オズワルドは……魔術騎士でもありますし、もともとそういうお約束だったのですから」

「そうは言ってもねえ」

新婚の夫婦なのよ、と王妃はまだぶつぶつ言っていたが、ローズマリーとしては「助かった」というのもまた本音である。

それくらい、あの三日間は昼も夜もあったものではなかった。いや、もしかすると三日しかない、というのがオズワルドの箍《たが》を外したのだろうか。

――まさか、あんなにオズワルドが性欲旺盛だとは思わなかったわ。

あれは、あまりにも濃密な三日間だった。初夜を終えた翌朝、朝食を寝台の上で摂《と》る羽目になるとは思わなかったし、食べ終わったと思ったらオズワルドが再びのしかかってくるとも思っていなかった。事前にやたらと身体を気遣われていたのは、それが目的だったのか、とちょっとがっかりしたのを覚えている。

女性を相手にできるのだろうか、などという心配がまったく的外れだったことは、ローズマリーにとっては良かったのか悪かったのか不明である。だが、次世代を残さなければならない、という点においては、彼の側は心配なさそうだな、などと思う。

――あとはまあ、私の方に問題なければ、じきに子もできそうね……

そうなれば、ローズマリーはお役御免というわけだ。別に離縁されるわけではないが、あとは仮面夫婦としてやっていけばいいわけで、つまりは前のような関係に戻れる――のだろう。

「ね、どう？　オズワルドは、ちゃんとあなたに優しくしているかしら」

「え？　ええ、それはもう……」

そう問われて、ローズマリーはわずかに顔を赤くした。

行為のときこそ少しばかり意地悪な面が目立つが、それ以外のときのオズワルドはローズマリーが驚くほど優しい。

それが、ローズマリーには少し不安でもあった。

――優しいのよね……それこそ、まるで人が変わったみたいに。

これまでのオズワルドとならば、それこそ言いたいことを言い合えた。だが、これからはどうだろう。

元のような関係に戻れる、と思っているのはローズマリーだけなのかもしれない。

ふとよぎった不安に、ローズマリーの表情が翳《かげ》った。

――そもそも、オルガレン団長はご結婚なさるのよね……

ということは、もしかすると二人はもう別れを選択しているのかもしれない。少なくとも、今まで通りの関係――というわけにはいかないだろう。

とすると、オズワルドはローズマリーと普通の夫婦関係を結ぼうと努力しているのではないだろうか。

妙に優しいことも、それならば納得がいく。

いや、彼は昔から責任感だけは妙に強い。もしかすると、あの口付けを見られたことで結婚せざるを得なくなったローズマリーに気を遣っている、ということも考えられる。

そう考えると、どうしてか、胸がぎゅっと痛くなる。今更浮かんだ疑問に、頭がどうにかなってしまいそうだ。

急に黙り込んでしまったローズマリーに、王妃が訝《いぶか》しげな視線を向けた。

「どうしたの、ローズマリー？　何か、オズワルドに妙なことでもされた……？」

「あ、いえ……そんな」

曖昧《あいまい》な笑みを浮かべて、ローズマリーは王妃の言葉を否定した。

そうしてしばらく雑談を交わしたあと、ローズマリーは与えられた部屋へと帰った。廊下には、趣向を凝らしたレリーフや彫像が並べられているが、今の彼女の目には映っていない。ただ、胸中に渦巻くもやもやとした気持ちをどうにか形にすることだけで精いっぱいだった。

――そもそも、私はいったいどうしたいの……？

考えている途中、浮かんだ疑問に足が止まる。廊下の窓からは夕方の光が射し込み、目を向けたローズマリーの視界が茜色に染まった。その茜色に、何か言いようのない懐かしさを感じて目を細める。

――毎日見ているはずなのに……

そういえば、ここのところ、忙しさに紛れてゆっくりと外を眺めることもしていなかった。気が付いたときにはもう夜という生活が数か月続いていたし、結婚前は朝起きれば婚姻の準備、そして結婚してからは――

「あ、オズワルド」

近づいた窓の外には、おそらく部屋へと戻る途中なのだろう、オズワルドの姿が見えた。なんとなくほっとした気分になって、窓を開けて声をかけようとする。しかし、傍にもう一つ人影があることに気付いて、ぴたりと足が止まった。

眩《まぶ》しさに目を細めて姿を確認する。その人物の正体に気が付いて、ローズマリーは息を呑んだ。

——あれは……アスキス公爵……よね？

確か、騎士団の総団長を務《つと》めている人物だ。結婚式でも挨拶に来てくれたのを覚えている。だが、確か高齢のため、あまり実務には携わっておらず、最近では登城もほとんどしていないはずだ。それでも、実質的に騎士団の支配者はアスキス公爵であった。

騎士団総括となったオズワルドと一緒にいても、別段不思議のない人物ではあるのだけれど——二人の姿を見つめながら、ローズマリーは眉をひそめた。

総括は王族が就《つ》く名誉職のようなものではあるけれど、総団長であるアスキス公爵より位の高い役職だ。もちろん、王子と公爵という地位の差も関係してくる。

これまで騎士団のナンバーワンだったのはアスキス公爵だろうが、これからはオズワルドがその立場に立つということになるだろう。

——オズワルドは、形式的な地位なんて良しとしないでしょうし……

あれでいて、責任感の強い人だから、とローズマリーは思う。

だが、詳しいことはわからないが、アスキス公爵にとってはあまり面白くない状況だろうということくらいは想像がついた。

その証拠に、二人の様子はなんだかおかしいように見える。アスキス公爵が一方的に何かをオズワルドに向かってまくしたてていて、それを聞いているオズワルドの顔は、こちらからは窺《うかが》うことができない。

なんだか嫌な感じだ。そう思いながらも、ローズマリーはただ黙って二人の様子を見ていることしかできなかった。


結局、オズワルドが部屋へ戻ってきたのはそれからかなり時間がたち、とっぷりと陽《ひ》も暮れてすっかり夜の様相になってからのことだった。夕刻には帰る途上の姿を見ていたことを考えると、だいぶ遅い。それほど、アスキス公爵との話は長くかかったのだろうか。

「悪い、遅くなったな。夕食待っていてくれたのか？　ありがとう」

「いいえ、それはいいのだけれど」

帰宅の際には、ただいまの挨拶として口付けをするのがセーヴェル王国の一般的な習慣だ。夫婦はもちろん、家族ともする。頬にごく軽いものを、といった程度だけれど。

気恥ずかしいながらも、結婚したのだから、とローズマリーもその習慣通りにオズワルドからの口付けを受け入れている。ただ、それを唇に、しかも割と長い時間されるのは、一週間以上経った今でも慣れない。

だが、珍しく疲れた様子のオズワルドは、今日に限ってごく軽く頬に口付けると、着替えるから、と言って寝室へと姿を消した。

「珍しいわね……」

ぽつりと呟いてから、ローズマリーははっと顔を赤くした。これでは、彼の口付けを待っていたみたいではないか。

――べ、別にそんなことは……

頬を押さえて、ローズマリーは胸中でぶつぶつと言い訳を繰り返した。いつもと違うから気になっただけ、別に待っていたわけではない。

だが、様子がおかしいのはこればかりではなかった。少し遅い夕食を共にする間、どこかぼんやりした表情のオズワルドは、ほとんど言葉を発しない。

いつもだったら、今日は何をしたのか、だの、母とはどんな話をしたのか、だの、うっとうしいくらいに聞いてくるくせに、だ。

それどころか、よほどぼんやりして着替えたのだろう。シャツのボタンまで掛け違えている。

――どうしたのかしら？

さすがにこれでは、ローズマリーでなくともオズワルドがおかしいことに気が付くだろう。実際、給仕の青年もチラチラとオズワルドの様子を気にしている。本来ならば見て見ぬふりをするところだが、あまりにも様子が違うので気になるのだろう。体調を気にしているのかもしれないが、オズワルドは淡々といつもの量を食べている。特に問題はなさそうだ。

ふう、と息をつくと、ローズマリーは給仕の青年に目配せして安心させるように頷いてみせた。

しかし、妙なのはそれだけにとどまらなかった。食事を終えたあと、浴室へと向かったオズワルドが、一時間ほど時間が経っても出てこないのだ。

さすがにこれにはローズマリーも不審に思い、様子を見に行くことにした。

「オズワルド、大丈夫……？」

とりあえず、脱衣所から声をかけてみる。だが、中からは返答がない。どうしよう、と一瞬思案したが、すでに遅い時刻ということもあり、みな下がらせている。自分が中を確認するしかない、と思い切って浴室へと通じる扉を開けた。

「ちょ、ちょっと……オズワルド？　どうしたの？」

「ん……ああ、ローズマリー？　なんだ、一緒に……んっ」

入ってみると、オズワルドは湯船に半分ほど入れたお湯の中に浸《つ》かっていた。だが、その顔は真っ赤で、視線もどこか定まっていない。完全に湯あたりを起こす寸前だ。

「ば、馬鹿！　一緒に、じゃないわよ！　あなた、のぼせる寸前じゃないの……！」

「うん……？」

「もう……オズワルド、一人で立てる？」

ローズマリーの言葉に、オズワルドは頷くと立ち上がろうとした。だが、どこかふらふらとして危なっかしい。

仕方なく手を貸して立ち上がらせようとしたが、はっと気が付いてその手を止める。何せ浴室にいるのである。当然のことながら、オズワルドは真っ裸だ。

薄暗い寝室ならばともかく、こんな明るいところで身体を見る勇気は、今のローズマリーにはなかった。赤くなった顔を隠すように俯《うつむ》くと、早口で言う。

「オズワルド、ちょっと待ってなさい。勝手に立ってはだめよ」

そう言いおいてから、ローズマリーはせめて羽織るものを、と脱衣所に取って返し、かごからバスローブを取り出した。だが、急いで引き返そうと振り向いたところで、肌の色が視界いっぱいに広がる。

「え、きゃっ……⁉」

「ん、んん……」

その肌の主に抱き着かれて、ローズマリーは悲鳴を上げた。一瞬何が起きたのか理解できずに混乱したが、その人物からうめき声が上がったことで、それがオズワルドだということを一拍遅れて理解する。

ずぶ濡れの身体で抱き着かれたせいで、ローズマリーのドレスもびしょびしょだ。んん、とうめき声を発するオズワルドにとりあえずバスローブを羽織らせると、よろよろと歩く彼の手を引いて長椅子に座らせる。

「はい、お水。氷をもらってくるから、待ってなさい。いい？　今度こそおとなしく待っているのよ？」

「あ、ああ……悪い……」

彼が一気に飲み干したグラスにもう一度水を注《そそ》ぎ、テーブルの上に置く。背もたれによりかかって息を吐いたオズワルドは、ぼんやりとそう言うと頷いた。

呼び鈴を引いてすぐに現れた侍女は、びしょびしょになったローズマリーを見て目を丸くしたが、氷の用意を頼まれるとすぐに頷いて厨房の方へと姿を消す。風邪を引いてはたまらないので、ローズマリーは自分も寝間着《ねまき》に着替えてしまうことにした。戻りが遅かったオズワルドを待つ間に湯浴《ゆあ》みは済ませていたので、着替えは簡単だ。

ちょうどローズマリーが着替えを終えた頃、頼んでいた氷を携《たずさ》えた侍女が部屋へ戻ってきたところだった。

「オズワルド、氷を持ってきてもらったわよ。さ、少しこれで冷やして……」

布巾に包んだ氷を額にあてがうと、オズワルドは「うう、冷たい」と一言呟いた。だが気持ちがいいのか、避けることはしない。その様子を見て、ローズマリーはほっと息をついた。どうやら意識ははっきりしているようだし、しばらくこうして冷やしていれば大丈夫だろう。そう思い、待機していた侍女の方を振り返る。

「ごめんなさいね、ありがとう……大丈夫そうだから、もう休んでいいわ」

「失礼いたします」

礼を言うと、彼女は一瞬ちらりとオズワルドの様子を確認してから静かに退出した。

それと見送ると同時に、オズワルドの身体がずるりと倒れ込んでくる。ちょうど太もものあたりに頭を載せた彼は、薄く目を開いてローズマリーを見上げた。

「きもちいい」

「まったく、こんなになるまで浴槽に浸《つ》かってるなんて」

呆《あき》れたような口調でそう言ったローズマリーに対し、オズワルドはうっすらと微笑んだ。氷がずっと同じ場所にあたっているのが冷たすぎるのか、もぞもぞと顔を動かすのがくすぐったい。もう、と呟いて顔にかかった黒髪を払ってやると、オズワルドの手がローズマリーの腰に回った。

「ん、きもちいいのは、こっち」

「ちょっ……ねえ、オズワルド、どうしたの？　あなたちょっと変よ……何かあった？」

「いや……あー、うん。だから少し癒《いや》しが欲しいな」

ごそ、とオズワルドの手が不埒《ふらち》な動きを見せはじめる。滑り落ちた氷が絨毯《じゅうたん》を濡らして、その色を濃くした。

それに気を取られた隙に、彼の頭がぐりぐりとお腹《なか》に押し付けられ、腰骨の辺《あた》りを指がくすぐる。ぴく、と小さく身じろぎしたローズマリーの反応に、オズワルドが小さく笑うのが聞こえた。

「敏感だなあ……」

そう漏《も》らす声には、抑えがたい喜色が混じっている。なんとなく悔しくなって、ローズマリーは唇をきゅっと引き結んだ。

だが、もう片方の手がするすると降りてきたかと思うと、寝間着《ねまき》の裾《すそ》から侵入してくる。小さな悲鳴を上げて慌てて身体を揺すり、オズワルドを叩き落とそうとしても、がっちりと腰に回された手がそれを許さない。

「や、ちょっと……っ」

前開きのワンピースタイプの寝間着《ねまき》の裾《すそ》から侵入した手は、脛《すね》をなぞってそのまま太ももへと難なく到着する。その手の這《は》った場所からじわりと熱くなったような気がして、ローズマリーは軽く身じろぎした。

足元でじわじわと溶けていく氷は、まるで自分のようだ。

こうしてオズワルドに触れられると、いつも身体が溶け出すような感覚に襲《おそ》われる。くにゃくにゃのへにゃへにゃになって、最後には訳がわからなくなってしまうのだ。

それを、たった一週間ちょっとですっかり覚え込まされてしまった。

今もそうだ。ちょっと触れられただけなのに、もうお腹《なか》の奥がきゅんと切なくなっている。寝間《ねま》着《き》の上からちょうどその部分に唇があたって、ローズマリーの唇から息が漏《も》れた。

――なんか、悔しい。

小さな頃からお互いを知っているはずなのに、結婚してから見るオズワルドは、ローズマリーの知っていたオズワルドじゃないみたいだ。

一人だけ置いてきぼりにされたような気持ちがして、心細い。

――まるで、オズワルドだけ先に大人になってしまったみたい。

口付けも、男女の交わりも――それだけではなく、仕事のことも。ローズマリーは何も知らなかったのに、オズワルドはなんでも知っている。子どもの頃は、ローズマリーの方がお姉さんぶってなんでも教えていたのに、今ではすっかり逆転してしまった。

「んっ……」

余計な考え事をしていたせいか、ローズマリーはオズワルドの行動に気が付くのが遅れた。太ももを撫でていた手が、するりと裏側に回り込み、いつのまにか臀部《でんぶ》へと到達している。長椅子との間に挟み込まれているとは思えないほど器用な手つきでくにゅ、と指を沈み込まされて、ローズマリーはわずかに声を上げた。

「んん……お前、意外とここが柔らかくてきもちいんだよな……」

「や、やだ……そういうこと、言わないでよ」

暗に尻が大きいと言われたような気がして、ローズマリーは顔が熱くなる。正直、自分でも少し気にしている部分だけに、その指摘はあまりも恥ずかしい。

だが、顔を上げたオズワルドは、妙に真剣な顔つきでこう言った。

「褒めてるんだよ。お前、どこ触ってもきもちいいから」

「ま、真面目に言うことなの、それ⁉」

思わず大声を出したローズマリーに向かって、オズワルドは口の端を上げた。その笑い方に、ローズマリーの背筋を冷たい汗が伝《つた》う。

——こ、この笑い方……これは変わってない。何か悪戯《いたずら》を思いついたときの顔だわ。

その勘は正しかった。体を起こしたオズワルドが、ひょいっと背中の手を動かしてローズマリーを長椅子に横たえる。その上からのしかかるようにして、彼の顔が胸元に埋められた。

「ここも……それからこっちも、柔らかいし、張りがあるっていうか……弾力が、うん……はあ……」

「や、やめっ……」

顔をむにむにと押し付けられるたび、押し潰された胸が形を変える。そのままぐりぐりと顔を動かされると、鼻の頭が埋まってむずむずする。寝間着《ねまき》のボタンの隙間から、唇が素肌を掠《かす》め、時折熱い息が吹きかかると、ぞわぞわと背筋が震えてしまう。

同時に、指先が尻たぶに沈んで、揉み込まれると、ローズマリーの腰が浮いた。

「んん、積極的だな……」

「やだ、違うんだってば……」

自分の身体をオズワルドに擦《こす》り付ける結果になったことに気付いて、ローズマリーの身体は一気に熱くなる。

いつのまにか、どうこじ開けたのかは知らないが、胸元のボタンがいくつか外れてしまっていた。オズワルドはにんまりと笑うと、すっかり熟《う》れて硬くなった先端をぱくりと咥《くわ》えこむ。じゅうっと吸われ、その熱さと、舌先の動きに翻弄《ほんろう》されて、ローズマリーの背中を快感が這《は》いあがってきた。

じりじりと身体を灼くその疼《うず》きを、ローズマリーはじわりと涙をにじませ、首を振って耐えようとする。だが、それにかまわずオズワルドの手はやすやすと下着をはぎ取って、直《じか》に秘裂を撫で上げた。くちゅくちゅと水音が立ち、蜜が溢《あふ》れていることを確認したオズワルドが、ローズマリーの耳元に囁《ささや》きかける。

「ほら、きもちいいだろ?」

——絶対、それは意味が違う!

心の中でそう叫んだが、実際のローズマリーの唇からは、すでに意味をなさない喘《あえ》ぎ声しか出てこない。

——私の身体がきもちいいんじゃなくて、私をきもちよくさせてるんでしょう……!

きもちいい、と認めてしまっていることに気が付いて、ローズマリーの頬が赤さを増した。それに目ざとく気が付いたオズワルドは、にやにやと笑ったまま蜜口から指を差し込むと、浅い場所をぐちぐちと嬲《なぶ》り始めた。

「ん、んんっ、やあ……っ」

「ほら、きもちいい……すっごい、もう吸い付いてくる」

耳元にかかるオズワルドの吐息にも艶《なま》めかしさが増している。太ももに熱いものが押し付けられ、擦《こす》り付けられた。

オズワルドのものだ、と気が付いて、体の奥がきゅうっと疼《うず》く。同時に中へと侵入していた指を締《し》め付けてしまい、指の形をリアルに感じ取ってしまう。

「や、あ、ああっ……ゆび、動かさないでっ……」

「動かしてない、お前が動いてんの」

嘘、と呟いた唇に、その日初めての口付けが落ちてきた。そこで、何かに気付いたようにオズワルドが「あ」と漏《も》らした。

「そういえば今日は、ちゃんとしてなかったな」

ただいま、と小さく囁《ささや》いて、オズワルドはこつんと小さな音を立てて額を合わせる。期待を込めた瞳に見降ろされて、ローズマリーは小さく「おかえりなさい」と口にした。

そうすると、再びオズワルドの唇が降ってくる。今度は深く、絡め取るように舌が侵入して、ローズマリーを翻弄《ほんろう》し始めた。

「ん、んんっ……」

舌を吸われ、中を指でかき回される。身体がびくびくと震えて、どこかに飛んでいきそうな気持ちになったローズマリーは、必死でオズワルドにしがみついた。

「ん、ん、んんっ……っは、あ、あっ、やだ、あ……ッ」

「はあ……ほんっと、お前……あー、柔らかいっていい……」

いつの間にか二本に増えた指が、ぐちぐちと大きな音を立てて抜き差しされている。唇を離したオズワルドは、そう呟くともう一度ローズマリーの胸元に顔を埋め、柔らかな双丘に吸い付いた。ちく、と小さな痛みが走るが、それさえも気持ちがいい。

――もっと、ほしい。

印をつけられるのは好きだ。初めてつけられたとき、オズワルドが、自分のことを誰にも渡したくないんじゃないかって錯覚を起こしてから。

強請《ねだ》るように擦《こす》り付けると、口角を上げたオズワルドがひとつ、もうひとつ、とその数を増やしてくれる。そのたびに、身体の奥からこぽりと蜜がこぼれ、きゅっと中の指を締《し》め付けて、心地良さが増幅する。

「すっご……ん、もう、いいか……？」

視界の端が白くなって、もう少しで達しそうになった――ところで、ちゅぽ、と音を立てて指が引き抜かれる。喪失感に揺れた腰を捕まえられ、熱い昂《たか》ぶりが押し付けられるのを感じて、ローズマリーの背中が震えた。

ずぐん、と性急にオズワルドの熱杭が中へ侵入してくる。その太いものでごりごりと中を擦《こす》られ、ローズマリーの腰が跳ねた。

「はっ、あ、はあっ……！」

「ぐっ……お、お前、締《し》めすぎだろ……ッ」

オズワルドの顔から滴《したた》った汗が、ローズマリーの胸に弾《はじ》けて流れ落ちる。歯を食いしばって何かを堪《こら》えるような顔をしたオズワルドは、奥へと到達したところでいったん動きを止めた。

◇

——危ない、挿《い》れただけで、もっていかれそうだった。

みっともないところだけは見せられない、と歯を食いしばって込みあげる射精感をなんとかやりすごすと、オズワルドはゆっくりと顔を上げる。その先にあるローズマリーの顔は、すっかり快楽に蕩《とろ》けて薄紅色に染まり、薄い青をした瞳が空中を見つめていた。

どこか遠くを見ているような、そんな顔だ。

きり、と唇を噛みしめて、オズワルドはゆっくりと動き始めた。

こうして抱いていても、時折ローズマリーは今みたいにどこか遠くを見ていることがある。ほぼ無理矢理妻にしたようなものだから、ゆっくり心を向けてもらえればいいと思っていたけれど、それを待てない自分が情けない。

こうして求めれば身体は抱けるが、それも「役目」だと思っているからなのだろう。心を預けてもらえる日がいつになるのか、オズワルドには見当もつかない。だが、これ以外の方法を思いつかない彼にはどうしようもなかった。

初夜の会話を思い出して、オズワルドの胸がずきりと痛む。強気な姿勢を保たなければ、きっと情けなく縋《すが》ることになっていただろう。だが、それでも良かったかもしれない。

少なくとも、そうすれば自分の気持ちが誰にあるのか、はっきりとローズマリーに理解してもらえただろうから。

「ん、んっ……オ、オズワルドぉ……」

緩《ゆる》やかな抽送《ちゅうそう》ではもう物足りないのだろう。達しそうなところを強引に引き戻したのは正解だった。こんな声は、正気だったら聞かせてくれない。

――やばい、耳から溶けそう。

この声を自分が出させているのだ、と思うと、オズワルドの若い身体は漲《みなぎ》り、勝手に腰が動く。ずちゅ、と淫《みだ》らな音がして、ローズマリーの背がしなった。

――こうして、溺れてしまえばいいのに。

突き上げるたびに、ローズマリーの唇からは艶《なま》めかしい喘《あえ》ぎ声がこぼれ落ちる。その声に煽《あお》られて、オズワルドは腰を掴む手にぐっと力を込めた。

「ローズマリー」

自分を見てほしくて、囁《ささや》くようにして名前を呼んでみる。だが、彼女がそれに気付いたかどうかはわからない。

宙を見つめる視線は、いったい何を見ているのか。少なくとも、自分ではないのだろう。

——いつだって、ローズマリーは俺を見ない。

苦い思いがオズワルドの胸中を支配する。子どものときからずっとローズマリーを見てきたオズワルドは知っていた。

ローズマリーの初恋も、淡い憧れも、いつだってその対象がオズワルドにならないことを。彼女が憧れの目で兄を見るとき、または誰かの兄だとかいう男を見るとき——そして、エイブラムを見るとき、オズワルドがどんな顔をしていたかなんて、ローズマリーはきっと知らないだろう。

本当はあの日、正直に自分の気持ちを告白するはずだった。少なくとも、それでローズマリーの視界に多少でも入れるのなら、そこから気長に待つつもりだったのだ。

オズワルドの気持ちなど、クラレンスやブラッドリーには元から知られていた。頼めば少しは協力してくれただろう。そう、ローズマリーにほかの嫁ぎ先などあてがわないように。

そのために、二人に——いや、アルフォード侯爵にも頭を下げるつもりでいたのだ。

だが、あまりにも見当違いな勘違いをされて、頭に血が上《のぼ》った。

——無理矢理にでも、お前の視線の先に立ってやる。

ぐっと腰を打ち付けて、中を捏《こ》ねまわすように動かすと、ローズマリーはまた高い声を上げて、オズワルドにしがみついた。蜜洞がうねるように動いてオズワルドを締《し》め上げ、吐精を促《うなが》す。それをもう一度、歯を食いしばって堪《こら》えると、オズワルドはローズマリーの一番感じる場所、ぷっくりと紅《あか》く膨れ上がった花芯へ指を伸ばした。

溢《あふ》れ出た蜜にぬめるそこを軽く摘《つ》まむと、くにくにと捏《こ》ねてやる。まだ経験の浅いローズマリーは、ここを責められるのが一番弱い。

「あっ、だ、だめぇっ……！　そこ、やだ、やなのぉ……！」

髪を振り乱し、目に涙を溜めたローズマリーが、途端に首を振って身をよじりだす。敏感になっていた身体には、過ぎた刺激だったようだ。

だが、オズワルドの手に押さえ込まれた身体はどこにも逃げようもなく、快楽を逃《のが》す先さえない。

「イきそう……なんだな？」

「や、やだっ、これ、こわ……っ、お、オズワルドっ……」

腕を握った手に、力が籠《こも》る。足先が丸まって、ぐっと身体が強張《こわば》ったかと思うと、一気に弛緩《しかん》した。ローズマリーが達したことで、急激に収縮する蜜洞に逆らえず、同時にオズワルドの欲も弾《はじ》ける。

だが、彼の肉茎はまだ硬さを保ち、熱が冷める様子はない。

間を置かず、ぬちゅぬちゅと音を立てながら行き来し始めると、ローズマリーの身体が跳ねた。

「や、嘘、今……」

「今日は全然おさまらない……まだ大丈夫だろ？」

緩《ゆる》く首を振ったローズマリーの細い体を、今度はぺしゃんとうつぶせにひっくり返す。クッションを握った指を上から押さえ付け、今度は衝動に任せて腰を打ち付けた。

――刻み込みたい。

オズワルドの唇に、陰鬱《いんうつ》な笑みが浮かぶ。びくびくと身体を震わせるローズマリーにのしかかって、膨れ上がった欲望を打ち付ける。

小刻みに痙攣《けいれん》を繰り返すローズマリーは、クッションに顔を埋めたまま、何度も小さく絶頂を繰り返し、くぐもった喘《あえ》ぎ声をこぼすだけだ。

その姿にほの暗い喜びが湧き上がり、オズワルドの胸を満たしていく。

「ローズマリー……俺の……」

パンパンと腰を打ち付ける乾いた音と、ずちゅにゅちゅと熱杭の行き来する卑猥な音がこだまし、オズワルドの呟きはそれにかき消されて霧散する。

「あ、あっ、ああっ、オズ……っ」

「ん、ローズマリー、離さないから、なっ……」

言葉通り、絶頂に震える身体を後ろから抱き込んで、二度目の白い欲望を胎《はら》の奥へと注ぎ込むと、オズワルドは脱力してローズマリーの背中へと倒れ込んだ。

「……悪い、無理させて……身体は痛くないか？」

「ん……少し」

身体を拭いてやり、寝台に運んでやる。こうして事後の世話を焼くのは、オズワルドにとって密《ひそ》かな楽しみだ。

ローズマリーは嫌そうな顔をするが、たいていは動けないのでされるがままである。

きちんと寝間着《ねまき》を着せて、布団をかけてやると、長椅子の後始末をするために立ち上がったオズワルドのシャツの裾《すそ》を彼女が掴んだ。

「ね、オズワルド……あなた、さっき何か言っていた……？」

「ん……？　いや、覚えてないな」

本当は、しっかり覚えている。だが、できればお互いがまともなときにきちんと言いたい。

「さあ、先に寝てて」

頭をなでてやると、ローズマリーは珍しく素直に目を閉じた。程なくして、すうすうと寝息が聞こえ始める。

やはり疲れたのだろう。狭い場所で無理をさせた。

その額にかかる髪をかき上げて、額に触れるだけの口付けを落とす。

「おやすみ、ローズマリー」

ん、と小さく答えがあったような気がしたが、オズワルドは目を細めると、先程の後始末をするべくその場をあとにした。

第五話　嫉妬まみれの夜

結局オズワルドは、ローズマリーの聞きたかったことについては何も話してくれなかった。それどころか、あの日以来、どうも二人の間にはぎくしゃくした空気が漂っている。

オズワルドの様子がおかしかったあの日からもう十日ほど経ったが、最近では話をするどころか、帰りが遅く、顔を見ない日もあるほどだ。

その原因は、きっと自分にあるのだとローズマリーは考えていた。

幸いにして、今日のローズマリーは王妃の都合で休みをもらっている。考える時間はそれこそ腐るほどあった。

一人で部屋に籠っていると、気が滅入《めい》る。せっかくのいい天気だから、少し外を歩きたい——そう言って、中庭に出てきたのはもう三十分も前のことだ。考えごとをしたいから、と言えば、護衛は遠くから着いてきてくれた。そもそも城の中でそうそう危険な目にあうはずもないのだから、護衛といっても形式的なものだ。

大きく伸びをしたローズマリーは、庭の低木に咲いている赤い花を見つめながら、ぼんやりとオズワルドのことを思い浮かべていた。

ローズマリーにとって、オズワルドは昔からなんでも話せる相手だった。それは、結婚する前までずっとそうだ。どれだけ喧嘩をしても、その大前提は変わらない。

だが、オズワルドにとってはどうだっただろう。

思い返してみても、茶化《ちゃか》すような物言いばかりが浮かんできて、肝心なことは何一つ浮かばない。

いつの頃からか、不満をぶちまけたり、密《ひそ》かな憧れの話をしたり――そういうことをしていたのは、ローズマリーだけだった。

確かに、オズワルドは結婚前から魔術騎士としての仕事をしていたはずだから、ローズマリーには言えないような機密事項などもあっただろう。だが、そこでの愚痴どころか、疲れた、などという些細《ささい》なことさえ、まったく話していなかったことに気が付いて、ローズマリーは愕然《がくぜん》として呟いた。

「もしかして、なんでも話せる仲だと思っていたのは、私だけなの？」

そうなのかもしれない。だってオズワルドにはローズマリーよりも身近に、いつも、もっとなんでも話せる相手がいたではないか。

――オルガレン団長……

今では、騎士団総括を任されたオズワルドの副官を兼任しているエイブラムのことを思い浮かべて、ローズマリーはため息をついた。表向きには、エイブラムはオズワルドの腹心の部下、という扱いになっている。そのため、忙しいのだろう。王子付きの護衛として姿を見せることは、ここ最近はまったくない。

それになんの疑問も抱かなかったが、もしかして――という思いがローズマリーの胸の内に沸《わ》き起こってくる。

――まさか、とは思うけど……気を遣われているのかしら。

結婚前の夫が恋うていた相手が結婚後も傍にいる、というのは、通常の夫婦ならば確かに避けるべき事態だ。どういう経緯かはさておき、妻の側としては面白くない。それが同性愛だろうが異性愛だろうが、違いはない。

だが、ローズマリーは二人がどれほど強い絆で結ばれていたか知っている。たとえ別れを選択した過去の恋人であろうと、そこは気を遣わず今まで通りでいてほしい。

そもそも、ローズマリーにとって二人は特別なのだ。

ローズマリーがずっと見ていた視線の先には、いつも二人が揃っていた。真剣な表情で打ち合うときも、微笑みながら会話を交わすときも、公式行事で凛としたたたずまいを見せるときも、いつもオズワルドの傍にはエイブラムがいる。

その姿を見て、ローズマリーは心をときめかせていたはずなのだ。

「いつだって、一緒だったじゃないの……」

ぽつりと漏《も》らした言葉には、力が籠《こも》っていない。どうしたらいいのかわからなくなって、ローズマリーはぼんやりと空を見上げた。

青く澄んだ空には、雲がいくつか浮かんでいる。四方を囲まれた場所だから、その空も四角く切り取られて、その中でひときわ高い白い塔がくっきりとその姿を現していた。

小さな頃、あの塔に登ってみたくて駄々をこねたことを不意に思い出して、ローズマリーの口元が緩《ゆる》む。それも、言い出しっぺはローズマリーで、付き合ってくれたのはオズワルドだった。

どれだけ喧嘩をしても、オズワルドはいつだってローズマリーと遊ぶことをやめようとはしなかった。ローズマリーだって、同世代の男の子が苦手になる原因を作ったのは間違いなく彼のはずなのに、どうしてか、結局いつも一緒に遊ぶのはオズワルドだった。

そして、そこにもう一人、王子の護衛としていつも傍にいたのが、当時まだ護衛になりたてのエイブラムであった。

確か、当時彼は二十をいくつか超えたくらいのはずだ。

その彼の目を盗んで悪戯《いたずら》をして、何度怒られたことだろう。あの頃は、いつも怒ってばかりの怖い人、という印象だった。そもそも、十六も年上の人だ。当時はものすごく大人に見えて——いや、実際に大人だったわけだが——憧れの対象にすらならなかったことを思い出したところで、ローズマリーはふと目を瞬《またた》かせた。

——あれ、オルガレン団長じゃないかしら……

中庭をぐるりと囲む廊下に、人影が見える。その薄い茶をした髪を紺色のリボンで結んでいる姿は、遠目だが、間違いなく今の今まで思い出していたエイブラムの姿である。

身体が大きいこともあって、ゆったりと歩いているように見えるのに、実際に移動速度は速く、その姿はみるみるうちに近づいてきて、はっきりとその姿を確認できた。

「オルガレン団長……！」

「これは……ローズマリー妃殿下、このようなところに……」

ちょうど考えていたその人が姿を見せたことで、何も考えずに呼び止めてしまった。だが、エイブラムは特に不審そうな顔をすることなく、いつもの笑顔でそれに応《こた》えてくれる。

その笑顔に心がときめくようになったのは、いつ頃だっただろうか。だが、オズワルドの傍で見せていた笑顔はもっと、と思ってから、ローズマリーははっと口元を押さえた。

――そうよ、オズワルドといたからこその笑顔だったのだわ。それなのに……

「ローズマリー妃殿下……？」

声をかけておいて急に黙り込んだローズマリーに向かって、エイブラムが遠慮がちな声を出す。それに慌てて顔を上げたローズマリーの視線が、こちらを覗き込もうとしていたエイブラムの視線とばっちり合った。

「あ――あの、ごめんなさい、私……」

だが、その後が続かない。まさか、オズワルドとの仲を裂《さ》いてしまって、などと続けるわけにもいかず、おろおろしながら言葉を探す。

そんなローズマリーの姿にエイブラムは快活に笑うと、その頭に手を乗せた。ぽん、と軽い感触が二、三度続いて、ローズマリーが思わず顔を上げる。

「最近お顔を拝見しておりませんでしたので、こうして声をかけていただけたのは幸運でした。少しお疲れのようですが、やはりまだこちらでの生活には慣れませんか」

「……お気遣い感謝します。そうね、慣れない環境で少し疲れていたのかも……でも、こうしてオルガレン団長と久しぶりにお会いできて、その疲れも吹き飛びましたわ」

ぎこちない笑顔を作ったローズマリーに、エイブラムの視線がかすかに険《けわ》しくなる。だが、それもほんの一瞬のことだった。ローズマリーが気が付くよりも早く元の表情に戻ると、エイブラムは頭に乗せていた手を下ろした。

「最近は、オズワルド殿下もお忙しいですし、いろいろと大変でしょう。私もなかなか本来の業務に当たれず、大変もどかしいのですが、どうか今しばらくご辛抱を」

「そんな……オルガレン団長は、公私ともにオズワルドを支えてくださっているというのに……」

ローズマリーの言葉に、エイブラムはゆっくりと頭を振った。

「私の本来の職務は、第二王子であるオズワルド殿下をお守りすると同時に、王子妃であるあなたをお守りすること。――不思議ですね、図《はか》らずも、あの頃と同じになる」

ふ、と笑ったエイブラムの顔は、昔見ていたときよりもずっと優しい笑みをたたえている。自分が思い出していたことを彼もまた覚えていたのだ、と思うと、ローズマリーの胸の内にも何か暖かいものが溢《あふ》れてきた。

笑顔を浮かべたローズマリーに向かって満足げに頷くと、エイブラムはふと視線を上にあげた。ローズマリーからは背後になっていて見えないが、いくつか並んだ部屋の一室の窓辺にあった人影がさっと引っ込む。

エイブラムは肩をすくめると口の端を少しだけあげ、ローズマリーの耳元近くで囁《ささや》いた。

「妃殿下、とりあえず今日のところはこの辺で。部屋までお送りしますから、戻りましょうか」

「ええ、いいえ、それは申し訳ないわ。お忙しいのにお時間を取らせてしまって……」

「私の休憩時間の延長に協力すると思って、ぜひ」

少しばかり茶目《ちゃめ》っ気《け》を覗かせたエイブラムの言葉に、ローズマリーも思わず口の端を緩《ゆる》める。

「では、お願いします」

気取《きど》って腕を差し出したエイブラムにそっと手を添えて、ローズマリーはくすくすと笑いながら部屋への道を歩き出した。

◇

――くっそ、あいつめ……

チッ、と短く舌打ちして、オズワルドは傍にあった椅子にどすりと座った。イライラと頭をかきむしると、隣にあるテーブルの上に積んだままの二つの紙束のうち、背の高い方から乱暴に一枚を手に取り目を通す。

今日もこの中からお目当てのものを探さなければならない。

はあ、と大きなため息が唇からこぼれた。

――できれば早く帰りたい。帰ってローズマリーと過ごしたいに決まっている。

ここは、賓客《ひんきゃく》を招くときくらいしか使われない城の客室だ。中庭に面した場所で、いくつか同じような造りの部屋が並んでいて、主に賓客《ひんきゃく》の随行員などが宿泊する場所である。

普段使われていない客室は清掃はされていても、どこか空気がよどんでいて息苦しい。そんな場所で人目を避けるようにして探し物を始めてから、すでに半月が経っていた。

つまり、ローズマリーと結婚して騎士団総括に就任してからずっと、ということだ。

「父上も、面倒なことを……」

「それが条件でしたでしょう」

ノックさえせずに扉を開けた男が、滑るように室内へと入ってくる。その声に驚く様子もなく、オズワルドは唇を尖《とが》らせて入口を振り返った。

「遅いぞ」

「見てらしたでしょう？　王子妃殿下を部屋までお送りしておりましたので」

落ち着いてそう答えたのは、エイブラムだ。ひょい、と肩をすくめた彼に、オズワルドはじっとりとした視線を向ける。

「……護衛はちゃんといただろうが」

「あとで叱責しなければなりませんね。離れすぎです」

「……お前は近すぎ」

オズワルドの答えに、エイブラムはプッと噴《ふ》き出した。その様子を見ていたオズワルドは黙りこくったまま眉間にしわを寄せ、視線を手元の紙に戻す。

つかつかと大股に近づいてきたエイブラムが、机を挟んだ反対に置かれた椅子に座り、やはり同じように束の上から幾枚かを手元に引き寄せた。

それからしばらくは、ぺら、と紙をめくる音だけがしんとした部屋の中でかすかに響く。

取っては中身を精査し、精査した紙を避けては次の紙へ。

その単調な繰り返しを続けるうちに、我慢ができなくなったのは当然オズワルドであった。

「……何、話してたんだ」

「はて、どの件でしょう」

すっとぼけた返答をしたエイブラムを横目でにらみ、オズワルドは手にしていた紙を投げ捨て頬杖をつく。ぶすくれた顔つきになったオズワルドに、エイブラムがからかうような視線を送った。

その口元が、笑いをこらえてふるふると揺れている。

——こいつめ……わかってるくせに……

オズワルドの心中など、エイブラムには手に取るようにわかるだろう。それだけの日々を共に過ごしてきた相手なのだ。

それこそ、幼少期からの付き合いになる。

——まあ、あの頃はこんなことになるとは想像もしていなかったが。

まさか十六歳も年上のこの男を恋敵《こいがたき》とみなす日が来るなど、考えるはずもなかった。

これまでもローズマリーは、悔しいことに、何故かオズワルドの周囲にいる男に憧れの目を向けがちだった。彼女と男性との接点はそこくらいしかないだろうから、それは置いておこう。せいぜいが五、六歳年上くらいまでだったたから。

それにローズマリーは遠目に憧れの視線を送るばかりで、実際に近づいたりすることはなかった。想い人の誰にも気取《けど》られることすらなく、ただ見ているだけ。

オズワルドが気付いたのは、単に彼がずっと――ローズマリーばかりを見ていたからだ。

その中で、唯一の例外がこの男だ。

――こいつだけは、ローズマリーの視線に気が付いた。

三十過ぎの独身男性。今、最も良い結婚相手として名前を挙げるとしたら、王太子クラレンスかオルガレン侯爵か、とまで言われているのだから、その人気たるや推して知るべし。

そんな相手だから、オズワルドも最初はかなり動揺したものだった。

だが、当のエイブラムはローズマリーに対して当時の――あの幼少期のままの感覚でいるらしい。

しかも、オズワルドの気持ちも彼には筒抜けだ。

まあ、それも無理はないだろう。何せ、こちとら年季が入っている。

――問題は、ローズマリーの方なんだよな。

唇からため息がこぼれる。

これまでは、十歳を少し過ぎた少女の淡い憧れで済んでいた。オズワルドだって、そう思えばこそ、下手に手出しをすることもなく見守ってきたのだ。

だが、エイブラムに寄せるローズマリーの気持ちばかりは、オズワルドにも測《はか》りかねていた。

もう、ローズマリーも十九だ。いや、もう二、三年前から今度こそ本気の恋をしてもおかしくない、と思っていた。その選択肢のうちの一つに入れるか入れないか、オズワルドが涙ぐましい努力をしていたことにはまったく気付いていないだろう。

――ローズマリーが、本気だったら……

それでも、今は自分と結婚をした身だ。あれでもきちんと貴族の娘としての教育を受けてきたローズマリーが、今更何かしでかすとも思えない。だが――その胸の内だけは、オズワルドにだってどうしようもないこと。

はあ、ともう一度大きなため息をこぼしたオズワルドに、エイブラムが追い打ちをかける。

「ローズマリー嬢は……いえ、失礼。妃殿下は、どうも何か心配事がおありのようでしたよ。たまには早く帰ってさしあげたらどうです？」

「……そうしたいのはやまやまだがな、どうにもこうにも……この件にケリがつかなきゃそうも言ってられないだろ」

そう言って、オズワルドは投げ出した用紙を拾い上げた。紙面には数字が並び、その一つ一つに項目がつけられている。

ぎっしりと並んだその一つを指でなぞり、オズワルドは首を振った。眉間によったしわを揉みほぐすと、再びため息をつく。それは、先程のものとは違い、いくらかの徒労感に満ちたものだった。

「本当にこの中から見つかると思うか？」

「見つからなければ、さらに遡《さかのぼ》るしかないでしょうね」

同じようにして紙面を確認していたエイブラムは、涼しげな顔でそう答えた。あっという間に一枚確認を済ませると、さっさと次の紙を取り、そちらに取り掛かっている。

その合間にちらりとオズワルドに視線を走らせたエイブラムは、口の端をあげて呟いた。

「まったく、殿下は昔からちっとも素直じゃないんですから」

「――俺は素直だよ。今だって早く帰りたいと思ってるし、それを隠しもしてない。だいたい、俺の言うことを素直に聞かないのは周りの方じゃないか」

その、オズワルドの言う「周り」というのが誰を指しているのかなど、エイブラムにとっては手に取るようにわかるのだろう。

「そうそう――妃殿下にはもったいないお言葉をいただきましたよ」

「なんだ、急に」

確認を終えた用紙を小さい方の紙束に乗せ、ついでに日付け順を確かめていたオズワルドが、その言葉にいらいらした口調でそう返す。

む、と眉をひそめて日付通りに並べ替えを始めたところへ、エイブラムが悪戯《いたずら》っぽい声音でこう囁《ささや》いた。

「久しぶりに会えて嬉しいと」

その言葉に、オズワルドの肩が大きく跳ねた。がたん、と椅子を蹴る勢いで立ち上がると、悔しさをにじませた瞳でエイブラムを睨《にら》みつける。

決してエイブラムが悪いわけではない。それはわかっているが、この感情の持って行き場がないのだ。

「……っ、やっぱり、今日は早く帰らせてもらう。残りは明日」

「承知いたしました、殿下」

わずかに笑いの混じったエイブラムの声を背に、オズワルドはばたんと大きな音を立てて扉を閉める。すぐにバタバタと走り去る大きな足音が聞こえて、エイブラムは肩をすくめた。

◇

ノックもなく、突然バタンと大きな音を立てて扉が開く。驚いて向けた視線の先にあらわれたオズワルドは、そのまま無言でずかずかと室内に入ってくると、ローズマリーの腕を掴んだ。その表情は少し硬い。

「ちょっと、何……？」

「今日はもう下がっていい」

ローズマリーの疑問に答えることもなく、いつになくぶっきらぼうな口調で侍女にそう告げると、オズワルドは勢い良くローズマリーの腕を引いた。え、と思わず声を上げたときには、すでに彼の肩に担ぎ上げられている。

視界の端に、オズワルドに命じられた通り、侍女が一礼して部屋から出ていくのが見えた。

——いったい何事なの……!?

泡を喰《く》っている間にも、オズワルドはまたずかずかと部屋を横切っていく。人ひとり、それも室内用の簡素なものとはいえ、ドレスを纏《まと》った女性を抱え上げているとは思えない足取りだ。

寝室の扉を乱暴に開く音がして、彼の足はそのまま中へ進んだ。ほんの数秒で寝台へたどり着いたかと思えば、ばふんと音を立ててその上に投げ出される。

「きゃ、何するのよ！」

抗議の意味を含めて睨み上げると、オズワルドは硬い表情のまま髪を束ねていた薄い青のリボンを引き抜いた。起き上がろうとしたローズマリーの腕を再び掴むと、手にしたリボンで縛り上げる。ぎょっとしたローズマリーが何か言うよりも先に、オズワルドはそれをしっかりと寝台の柱に括《くく》り付けた。

それにまた文句を言おうとしたローズマリーは、つつ、と足に触れる感触に息を呑む。

——や、やだ、何……⁉

慌てて視線をやると、めくれ上がったドレスから覗く足にオズワルドが触れているのが見える。その手が靴下留めにかかると、器用にそれが外されて、履いていた薄い靴下がするすると脱がされた。

「なっ……何してるの、ねえ、ちょっと！」

慌てて足をばたつかせようとしたが、それを察知したオズワルドに押さえ込まれてしまう。なんなく両方を脱がせ終えたオズワルドは、すべらかな白い脚を撫で上げた。ぴく、とローズマリーの身体が震え、じんわりとした快感が背筋を這《は》う。あ、と小さく声を上げかけて、ローズマリーは唇を噛んだ。

それが、どうやらオズワルドの機嫌をさらに悪くしたらしい。ちっ、という舌打ちの音とともに、足首を掴まれてがばりと両足を開かれる。身体を足の間に割り込ませたオズワルドは、今度はドロワーズに手をかけると、力任せに引き裂《さ》いた。

「やっ、オズ……っ⁉」

顔色をなくしたローズマリーが大声を上げようとしたとき、ぬるりとした感触が秘所を這《は》った。ぺちゃぺちゃと小さな水音が立ち、ローズマリーの下肢がわななく。

その正体に思い至ってローズマリーは息を呑んだ。

――う、嘘……っ⁉

舐《な》められている、と気付いた瞬間、胎《はら》の奥がきゅうっと縮んだ。そこからとろりとした液体が吐き出されていくのを知覚して、頭に血が上《のぼ》る。慌てて払いのけようとした手は、縛り付けられたリボンに邪魔をされ、鈍い痛みが走っただけだった。

「ん、んんっ……」

じゅる、と音を立てて湧き出た蜜を吸われる。羞恥と快楽に眩暈《めまい》がしそうだ。

――どうして、こんなことになってるの……？

考えてみたところで答えなどわかるはずもない。だが、何かを考えていないと強すぎる快楽の波に攫《さら》われてしまいそうだ。

しかし、それも無駄なあがきだった。

ちろちろと舌で花芽をくすぐっていたオズワルドが、赤く充血したそこに軽く歯を立てる。背中にびりびりとした感覚が走り、ローズマリーは背筋をしならせた。薄い青のリボンがぴんと張り、それまで堪《こら》えていた嬌声《きょうせい》が唇からこぼれ落ちる。

目の端からは透明な雫がひとすじこぼれ、白いシーツに染みを作った。

だが、もうローズマリーにはそんなことに気付く余裕もなくなっている。

「あ、やっ、やっ、だめ……ぇ」

喘《あえ》ぎ声の合間にそう懇願するが、オズワルドの舌は休むことがない。それどころか、ますます熱心にローズマリーの花弁を舐《な》めあげ、熟《う》れた粒にしゃぶりつく。充血しきったその敏感な場所を吸われ、歯を立てられて、ローズマリーの瞼《まぶた》の裏にちかちかと白い光が弾《はじ》けた。

「ひ、あ、や、こわっ……ち、ちがっ、わた、あ、あッ」

がくがくと身体を震わせて一気に高みへと昇《のぼ》る。しかし、そんなローズマリーに休む暇を与えることなく、今度はオズワルドの指が蜜口を撫でた。溢《あふ》れる蜜を指に絡めると、その先端を少しだけ潜り込ませ、くるりと円を描くように動かす。

ぎゅう、とそこが収縮し、指を喰《く》い締《し》めようとするのをはっきりと感じ取り、ローズマリーは首を振ってそれを否定しようとする。だが、口の端を釣り上げたオズワルドは、その指を容赦なく沈み込ませ、ローズマリーの感じるポイントを的確に嬲《なぶ》り始めた。

「お前、この辺が……あ、ここ、このちょっとざらっとした感じの……いいみたいだな」

「や、やめっ、言わないで……ッ、あ、あっ、そこ吸っちゃいや……っ」

それまで無言だったオズワルドが、かさついた声で言う。再び彼の舌が花芽を嬲《なぶ》り、中と外から刺激を与えた。ちゅうっと吸い上げると同時に、中からぐっとそこを押されて、ローズマリーの身体が跳ねる。身体ががくがくと震え、また目の前が白くなる。まるで空中に投げ出されたかのような錯覚を覚えて、身体にぐっと力が入った。

「あ、あああっ……！」

うまく息が吸えない。これまでになく深く激しい波に攫《さら》われて、ローズマリーは息も絶え絶えに喘《あえ》いだ。

――いやだ、こわい。

目に新たな涙が浮かぶ。いつもと違って、オズワルドの顔が見えない。彼が何を思ってこんなことをするのか、それがわからないからこわい。

ぽろ、と目尻にたまった涙がまたこぼれ落ちてゆく。

だが、そんなことはおかまいなしに、蜜口に熱く硬いものが押し当てられて、ローズマリーはひっと息を呑んだ。それをオズワルドの舌打ちが追う。

「やっ……！」

どうにか足を動かして、オズワルドの身体を押しやろうとしたが、まったく力の入らない身体は言うことを聞かない。

その間にも、ぐぐっとあわいを割りひらき、熱く滾《たぎ》る肉茎が中へと侵入を開始する。ローズマリーの心とは裏腹に、すでに蕩《とろ》け切っていた蜜壷は歓迎するかのように奥へとそれを誘う。

「ぐ……っ、そう、締《し》めるな……」

「や、ちがっ……そんなこと、あ、あっ……」

指とは比べ物にならない質量が、蜜洞の中を擦《こす》ってゆく。一度達していた身体は、素直にその熱杭の与える快感を受け入れてきゅうっと締《し》め上げてしまう。

一瞬息を詰めたオズワルドは、額に浮かんだ汗を袖口で拭《ぬぐ》うと、そのままゆっくりと腰を押し付けた。ぐ、と奥を押されるような感覚とともに、二人の身体の間から隙間が消えて、ぴったりと身体が重なり合う。

そのままぐりぐりと奥を擦《こす》られて、ローズマリーの唇からは喘《あえ》ぎとも呻《うめ》きともつかぬ声がこぼれた。きゅうっと身体の奥が縮み、ぬるりとした液体が新たに湧き出すのがわかる。

「ん、んっ……」

「……っ、ローズマリー……！」

押し殺したような声で、オズワルドが名前を呼ぶ。その声音にひそむ切羽詰《せっぱつ》まった響きに、思わず視線を向けると、眉間にしわを寄せた彼が手を伸ばしてくる。

存外優しい手つきが顔にかかる髪を払い、そのまま涙に濡れた頬をたどった。

「泣くほど嫌か……？」

その問いが、いったいどの部分を指し示しているのか、ローズマリーには判断ができない。ただわかるのは、オズワルドの方こそ今にも泣きそうな声をしていることだけだ。

——どうして、そんな声を出すの。

手を差し伸べて彼に触れたい。だが、その手は繋がれていて届くことはない。きり、と歯を食いしばったオズワルドが再び抽送《ちゅうそう》を開始する。それに翻弄《ほんろう》されて、ローズマリーはまた何も考えられなくなっていった。

◇

ローズマリーの涙に濡れた瞳に見つめられて、オズワルドの胸は疼《うず》いた。見てほしい、と願ったのは自分だが、こういう目で見られたかったわけではない。

ただ――どうしても、ローズマリーが自分を見てくれないことに対するいら立ちと焦りの持っていき場所がなかった。

――俺を見てくれ。

オズワルドの頭の中に、先程の光景が蘇《よみがえ》る。中庭で楽しそうな笑顔を浮かべていたローズマリーと、エイブラムの姿だ。

思い出すと、仄暗い焔《ほのお》が身の内でくすぶる。

縛り付けて、どこにも行けないようにしてしまいたい。自分以外の誰とも会わず、誰のことも視界に入れないでほしい。

不可能とは知りつつも、そんなことを考えてしまう。

ローズマリーの白い腕に絡みついた薄い青のリボンは、まるでオズワルドの今の心境を表しているようだ。あの薄い青は、ローズマリーの瞳を意識して選んだもの。オズワルドの彼女への執着そのものだ。それに絡めとられた姿は、まるで蜘蛛の巣にかかった蝶のように見える。

――泣くほど嫌だとしても、今更逃がすものか。

ぐちゅん、と濡れた場所に深く己を穿《うが》つ。せめて今、このときだけでも深く自分を刻みたい。暴力的な欲求に抗うことなく、オズワルドは想いの丈を注ぎ込むかのように、ローズマリーの身体に欲を注ぎ込む。

卑怯だという自覚はある。やりようは、ほかにいくらでもあったはずだ。

「う、うあ……っ、あ、あっ……！」

さらに抜き差しを繰り返している狭い蜜口からは、先程放《はな》ったオズワルドの白濁とローズマリーの中から吐き出される蜜が混じり合ったものがこぼれだしている。達した身体をさらに揺さぶられているせいか、ローズマリーの声は少しだけ苦しげで、オズワルドの嗜虐心《しぎゃくしん》を刺激した。

ローズマリーに快感を教えられるのも、この苦痛を与えられるのも、今は自分だけに許された特権だ。

口の端がわずかに弧を描く。歪んでいるのは重々承知だ。だが、こうしているときだけ、オズワルドはローズマリーを独占できる。

——早く、堕《お》ちて来い。

自分がとっくに堕《お》ちているこの場所へ、ローズマリーにも堕《お》ちてきてほしい。

容赦なく責め立てながら、オズワルドはそう願う。

たとえ今、ローズマリーの視線の先にいるのがエイブラムだとしても、自分に目を向けさせてやる。

身の内の昏《くら》い焔《ほのお》を分け与えるかのように、オズワルドはローズマリーの身体を揺さぶり続けた。

第六話　はつこい

翌朝目覚めたとき、すでに寝台にオズワルドの姿はなかった。それどころか、よく見れば日も高く昇《のぼ》っている。今日の予定を思い出して、ローズマリーの顔色は一気に青くなった。

慌てて寝台から降りようとしたローズマリーは、手をついた拍子に走った痛みに眉をひそめる。恐る恐る確かめた白い手首には、赤く擦《す》れたリボンの跡が痛々しく残ってしまっていた。

「……や、やだ……どうしよう……」

昨日は休みだったが、今日は再び王妃の元に通う日なのだ。しかし、こんな跡がついていては、きっと見とがめられてしまう。まさか、オズワルドの母である王妃に「あなたの息子がやりました」などと言えるわけもない。

――手袋をしていけば、誤魔化せるかしら……？

こんなの、侍女たちにも見つかりたくない。自分である程度の身支度をと、だるさの残る身体を起こす。すると、枕元に一枚のメモが残されていることに気付いた。

首を傾《かし》げつつ手に取ると、そこにはオズワルドの筆跡で「今日は体調が悪いので休むと連絡しておいた。ゆっくり休んでくれ」とだけ書いてある。

よかった、と思ってから、ローズマリーはふと真顔になった。そもそも、その原因を作ったオズワルドに言われることではないような気がする。しかも、あんなことをしておいて謝罪の言葉一つない。

はあ、と大きなため息をつくと、ローズマリーはごろりと寝台に身を横たえた。とにかく身体が重だるいのだ。侍女が起こしに来ない――これもオズワルドの手配だろう――のをいいことに、うとうととまどろみを繰り返しながら、今夜彼をどう問い詰めるかを考える。そうしているうちにどうやら本当に眠ってしまったらしく、起きたときには茜空が窓の外に広がっていた。

「王子妃殿下、体調の方はいかがでしょうか」

「ああ、ごめんなさいね……もう大丈夫。それよりもお腹《なか》がすいたわね」

何をどう言い置いて行ってくれたのか、ようやく姿を見せた侍女がローズマリーにかける言葉はどこか遠慮がちだ。ローズマリーの言葉に、何か軽いものを食べられるようでしたら、と言って用意してくれたのは、香りのいい柑橘である。少し酸味の強いそれを口に含んで、ローズマリーはんんっ、と目を閉じた。じゅわりと染み出た果汁、そして口の中から分泌される唾液で口内が溢《あふ》れそうになる。

こくりとそれを飲み下して、ローズマリーはもう一つの房に手を伸ばす。

「んんー、すっぱい……あまずっぱい……」

「いかがでしょう、もう少し召しあがりますか」

薄く微笑んだ侍女に問われて、ローズマリーは頷いた。すると彼女は大きく頷いて、また新しい柑橘を手に取ると皮をむき始める。

「そんなにいらないわよ。もうじき夕食でしょう？」

「まあ……食べられるときに食べておきませんと。こちらは、王妃陛下がご用意くださったものですよ。つわりのときにはこればかり食べていた、と仰《おっしゃ》って」

侍女の言葉に、ローズマリーは口に含んでいた柑橘を思わず飲み込んだ。まだ大きな塊《かたまり》であったそれは、喉に詰まって息苦しい。ごほごほと咳き込んだローズマリーの背中を優しく擦《さす》りながら、侍女はさらに言葉を続けた。

「今は大切な時期ですから、ゆっくりなさってください」

「ちょ、ちょっと待って……！」

何やらものすごく重大な誤解を受けている。そのことに気付いて、ローズマリーは大声で叫んだ。

「にっ……妊娠なんてしていませんっ……！」

◇

「……ってことがあってね……」

「まあ……それは大変だったわね。結婚してまだ一月《ひとつき》も経っていないじゃない」

その二日後。ローズマリーは王城の一角にある庭園で親友と会っていた。

手首の傷は薄くなってきているが、まだ消えてはいない。ドレスの袖口のフリルに隠れているが、正直いつバレるかと思うとひやひやする。

しかし、久しぶりに会う友人と話しているうちに、ローズマリーはすっかりそのことを忘れつつあった。

コロコロと愉快そうに笑うエディスにむかって、ローズマリーは唇を尖《とが》らせた。もちろん、彼女に話したのは侍女との顛末《てんまつ》だけで、オズワルドとの間にあったことは話していない。というか、話せるはずがない。

軽く肩をすくめると、ローズマリーは親友を軽く睨《にら》みつけた。

ローズマリーより一つ年上の彼女は、現在二十歳。二年前、つまり十八の歳にアータートン子爵と結婚している。現在一歳になる娘がいたはずだ。

ちなみに夫妻の結婚は家同士の取り決めによるものだが、夫婦仲は良好で——つまり、ローズマリーにとって憧れの夫婦生活を送っている先達《せんだつ》ということになる。

「笑い事じゃないわよ、エディス」

「ごめんなさい」

そう謝りながらも、エディスの口元はいまだにふるふると震えている。完全に面白がられていることに気が付いて、ローズマリーは憮然《ぶぜん》とした。

「でも、仲良くしているみたいでよかったわ。心配していたけど、杞憂《きゆう》だったみたいね」

「え？」

きょとんとしたローズマリーに向かって、エディスは意味深に微笑んだ。

「昔は全然素直じゃなかったものね、オズワルド殿下に対しては」

「は、はあ？」

心外なことを言われて、ローズマリーの声がひっくり返る。そんな彼女を見つめて、エディスは大きなため息をついた。

そのままじっとりとした視線に見つめられて、ローズマリーはどこか落ち着かない気持ちになる。それを誤魔化そうとカップに口をつけたところに、エディスが爆弾を落としてきた。

「だって――あなた、昔からオズワルド殿下が好きだったじゃない」

「は、はああ⁉」

「……まさか、自覚してなかった、なんて言うんじゃないでしょうね」

淑女らしからぬ大声をあげたローズマリーに、親友は呆《あき》れたように口を開いた。

「それでよく結婚までこぎつけたわね、殿下も……」

「そ、それは……」

結婚に至る経緯については、いかに親友といえども話してはいない。思わず口ごもったローズマリーに、エディスは容赦なく追撃をかけてきた。

「もうずーっと前から、あなたが素敵、って騒ぐ相手ってオズワルド殿下の周りにいて、それでいて殿下とは正反対の方ばかりだったじゃない。もうこれは一周まわって殿下のことを意識してるって噂だったのよ？」

「ええ……？」

「そこへきて、今度はその殿下と電撃結婚。みーんな『やっぱり』って言ってたわ。ま、殿下も殿下でアレだし……」

エディスは何やらぶつぶつと言っているが、ローズマリーはあまりにも衝撃的な言葉に続きが耳に入ってこない。

しかし、エディスの言葉でローズマリーの頭の中に唐突によみがえったのは、過去のある日の出来事だった。

あれは確か、オズワルドに初めて泣かされた日のことだ。

『お前みたいにイジワルなことするやつが、兄上と結婚なんてむりだね！　ぼくだっていやだ！』

今となっては原因は思い出せない。だが、それまで楽しく遊んでいたオズワルドから突然投げつけられた言葉に、ローズマリーは泣き出してしまったのだ。

――あの頃、私は本当はオズワルドが好きだった。だけど、幼いながらに恥ずかしくて、ずっとクラレンス殿下のことばかり話していたんだったわ。

実際、ほんのりとした淡い憧れをクラレンスに抱いていた時期もあったのだ。だが、そのクラレンスが教えてくれたことが、ローズマリーの気持ちをオズワルドに向けさせていた。

『オズワルドはね、本当はきみと仲良くしたかったんだ。あの芋虫は、成長すると綺麗な蝶になる。それをきみにあげたかったんだよ』

しかし、そんな幼い少女の淡い気持ちは、あのオズワルドの一言で砕け散ったのだ。

思えば、あの日からオズワルドとローズマリーの喧嘩の数は加速度的に増えたような気がする。

主に、ローズマリーがつっかかって、だ。

だが、それも無理のない話だと思う。幼いながらに傷ついた恋心をどうしていいのかわからなかったのだ。だから、ついオズワルドに憎まれ口ばかりきくようになって……

そこまで考えて、ローズマリーははっとして顔を上げた。

――え、私、オズワルドのこと好きなの……？

唐突に自分の気持ちを理解して、かあっと顔が熱くなる。言われてみれば、エディスに指摘された通りだからだ。

ずっと、あの一言が心のどこかにひっかかっていた。仲睦《なかむつ》まじい両親を見て育ったローズマリーは、結婚というのは好きな相手とするものなのだと幼い頃は考えていた。だからあのとき、ローズマリーは確か将来の結婚相手について話していたのだ。

ローズマリーの中では、結婚相手に考えていたのは当然オズワルドだった。だがその当人に手ひどく拒絶されて、ローズマリーは以後その気持ちを封印していた。

そして、彼を視界の真ん中に据《す》えないことで、ずっと気持ちを誤魔化し続けてきた。

――あのときのキスも、それから寝台を共にするのも、戸惑いはしたけれどイヤではなかったものね……。

結局はそういうことなのだ。ずっと逃げ続けてきた自分の気持ちと向き合って、ローズマリーは苦い笑みを浮かべた。

「……そう、なのかもね」

ぽつりと呟いた一言に、エディスはぱちぱちと瞬《まばた》きして手にしたカップをソーサーへ戻した。それから、ローズマリーの手をがっしりと掴むとにっこり笑顔を浮かべる。

そうして、再びローズマリーに爆弾を落としてきた。

「そうでしょ？　オズワルド殿下もずーっとあなたのことを好きだったじゃない。私たちの間では、オズワルド殿下の株が急上昇中よ。初恋を諦めなかった王子様なんて、ロマンチックじゃないの」

「はあ!?　何言ってるの、そんなわけないじゃない！」

思わず声が大きくなる。オズワルドが今好きな相手を、ローズマリーは知っていた。それが自分ではないことも。一瞬暗くなった気持ちを振り払うかのように、大きく首を振る。

そんなローズマリーに、エディスが怪訝《けげん》そうな顔をした。

「……言われたんじゃないの？　だって、殿下が結婚を待ちきれなかったって聞いてるわよ？　ん ん……ローズマリー、あなた何か私に隠し事をしているでしょう」

「そ、そんなことないわよ……」

不意打ちを食らって思わず目を泳がせたローズマリーに、エディスはじりじりとにじり寄ってきた。その瞳が好奇心にきらきらと輝いている。

思えば、エディスは昔からこういった恋愛沙汰《ざた》にはとことん食いつくタイプだった。

「さ、白状なさいよ……殿下になんと言われて結婚を承諾したの？」

がっしりと手を掴まれたままでは逃げることも叶わない。エディスが諦めないことはこれまでの経験でよく知っていたし、ローズマリーにはうまく言い逃《のが》れるだけの口のうまさもない。

ううう、と呻《うめ》きながら、ローズマリーはぽつぽつとオズワルドとの間にあったことを話し始めた。――もちろん、オズワルドが男色だということは抜きにして、だ。

「その、ね……」

話を聞き終えたエディスは、腕組みをして「うーん」と唸《うな》った。考え込みながらちらちらとローズマリーを見る視線が、まだまだ何か隠しているでしょう、と言っているような気がして身がすくむ。実際隠しているのだから、当たっているのだけれど。

昔から、エディスは恋愛ごとに関しては勘がいい。

「その、オズワルド殿下にほかに好きな人がいる――って話だけど」

腕組みをしたまま、エディスが確認するようにローズマリーの顔を見た。それに関しては間違いないはずだ、とローズマリーは自信を持って頷く。

だが、エディスの見解は違っていた。

「それ、殿下がはっきりそう言ったの？」

「え……」

ぱちぱちと瞬《まばた》きをして、ローズマリーもエディスと同じく腕組みをした。ううん、と考えてみたものの、出る答えは一つだ。

「……言って、はいない……かな。で、でもね、見ていたらわかるじゃない？」

「少なくとも私の見ている限りでは、殿下はあなた一筋だったけど」

いやいや、そんなわけはない。そもそも幼少期にきっぱりはっきりと振られている身なのだ。それもエディスと知り合うずっと前に。

そのときの状況を話してそう主張したが、エディスはそれをふんと鼻で笑った。

「まー殿下もおかわいいこと」

くすくすと笑いながらそう呟くと、ずいっとこちらに身を乗り出してくる。突然顔を近づけられて、ローズマリーは軽くのけぞった。その鼻先に、エディスが人差し指をつきつけてくる。

「あなた、そのときクラレンス殿下の話ばかりしてた、って言ったじゃない？」

「え、ええ……だって、恥ずかしいじゃない……」

頬を染めたローズマリーに満足げに頷くと、エディスの指がつんとローズマリーの鼻をつつく。

ん、と眉をひそめて顔を引いたローズマリーに、彼女は愉快そうに笑った。

「やきもち妬《や》いてたのね、まー小さくてもいっちょまえに男だったのねえ……かわいい、その頃の殿下とあなたに私も会いたかったわ」

「や、やきもちぃ……？」

そんなかわいい感じだっただろうか。自分が泣くほど強い口調できっぱりと言われた一言がショックすぎて、ローズマリーはその前後の記憶が少しばかり曖昧《あいまい》だ。

そんな風に首を傾《かし》げたローズマリーに対して、エディスは自信満々で頷いた。

「そう、やきもちよ！　あーあ、本当にあなたたち、見ていて飽きないわね……こんなことになってるなんて知ったら、みんな……」

「ちょ、ちょっと！」

「わかってるって、誰にも話したりしないわよ。そこは信用してちょうだい」

どん、と胸を叩いたエディスにほっとして、ローズマリーは息をついた。彼女の口が堅いことは間違いない。これでも友人たちの間では、信頼できる相談役としての地位を確固たるものにしているのだ。

こうして散々ローズマリーの胸の内をひっかきまわしたエディスは、最後に一言こう述べて帰っていった。

「いい？　オズワルド殿下ときちんと話をなさい。私の見立てが正しければ、それで万事解決するはずよ」

それに頷きながらも、ローズマリーは複雑な感情を持て余していた。

「……私、嫌な女だわ」

部屋に戻り、人払いをして一人になったところで、ローズマリーはぽつりとそう呟いた。どうしてああも頑《かたく》なに、オズワルドを同性愛者だと決めつけたのか、気が付いてしまったのだ。

――私の恋が叶わないのと同じように、あなたにも叶わぬ恋に苦しんでいてほしいなんて。

あれからしばらくして少し成長したローズマリーは、自分の結婚が必ずしも好きな相手とできるとは限らないことを知った。それが、オズワルドも同様であることも。

そのことに、ほんの少しだけ昏《くら》い喜びを覚えたのだ。

――だめね、こういう人間だから……

無意識に手の傷をさすりながら、ローズマリーはふうっとため息をついた。

「オズワルドと話を、かあ……」

あれから二日。実を言えば、オズワルドとは会っていない。

仕事が立て込んでいる、と言って、自分の部屋へ戻るのも深夜なら、朝出ていくのも早朝なのだ。

夫婦の寝室にも顔を出さず、自分の部屋の寝台で休んでいるらしい。

もう一度大きなため息をつくと、ローズマリーは大きな長椅子にごろんと横たわった。そうしていると、だんだん眠くなってくる。

帰りの遅いオズワルドを待って夜更かしをしていたせいだ。

だんだん霞《かす》んでゆく視界の向こうに、茜色の空が薄い紫に侵食されていくのが映る。

——会いたいな。

たった二日会わなかっただけで、そんな風に思うようになるなんて。本当に、自分は——

そこで、ローズマリーの意識は睡魔に負けて溶けていった。


翌朝、目を覚ましたローズマリーは、一瞬自分がどこにいるのか把握するのが遅れた。だが、そこが寝台の上だと気が付いて首を傾《かし》げる。

しかも、この見慣れた天蓋は夫婦の寝室のものだ。

長椅子に寝転んで、そこで記憶が途切れているということは、そのまま寝てしまったのだと思うのだが、誰かが運んでくれたのだろうか。

——あとでお礼を言わないと。

んん、と大きく伸びをして、ローズマリーは寝台から降りた。ドレス姿のまま寝てしまったため、身体のあちこちがぎしぎしする。

「そして今日も、オズワルドはいない、かあ……」

寝台で休んだ形跡は一人分。ということは、昨日までと同じように、オズワルドは自分の部屋で休んだのだろう。そしておそらくは、すでに執務に向かっていて、また深夜まで戻らない。

それにしても、騎士団総括というのはそれほどまでに忙しい仕事なのだろうか。ほんの少し前までは、遅くとも夕食の前には必ず帰っていたはずだ。朝だって、こんなに早く出て行って何をしているのだろう。

今更な疑問が浮かんで、ローズマリーはふむ、と考え込んだ。

だが、それもほんのわずかの間だ。

——考えたって、わかるわけないわ。

当然のことながら、彼の仕事の内容など知る由もない。もちろん騎士団が、王都の治安維持から国境警備まで幅広く行っていることは承知だが、知っているのはそれくらいだ。

総括というからには、それらすべての采配《さいはい》を振るっているということなのだろうが、それも実情などわかりはしない。

「よし」

気合いを入れて、ローズマリーはとりあえず着替えのために侍女を呼ぶことにした。

「わからないなら、見に行けばいいのよ」

久しぶりに、ローズマリーの薄い青の瞳が生き生きと輝いた。基本的に、ローズマリーは頭で考えるよりも行動する派なのである。

ここのところ、本来の自分に似合わず、ぐだぐだと思い悩むばかりで何も行動してこなかった。それを取り返すかのような勢いで、ローズマリーは呼びだした侍女と相談し、ドレスをびしっとキメると、いつもの倍の量の朝食をぺろりと平らげる。

目を丸くする給仕を尻目に、ローズマリーは勢い良く部屋をあとにした。

背後からついてくるのは、先日と同じ護衛騎士だ。あのあとエイブラムから叱責されたそうで、前よりも近い距離でついてくる。正直なところうっとうしいが、彼が自分のせいで叱責されると知っていて「離れて」というわけにはいかない。

そうして意気揚々《ようよう》と歩き始めたローズマリーの足が、しばらくしてピタリと止まった。

「……ねえ」

「は、なんでしょうか」

くるりと振り返ったローズマリーは、たっぷり五秒ほど押し黙ったあと——

「……オズワルドの執務室って、どこにあるのかしら」

そう彼に問いかけた。ぱちぱち、とその護衛騎士が瞬《まばた》きをする。

「殿下の、執務室ですか……ええと、そうですね……」

「知らないの？」

「あ、いえ……そういえば、殿下はどちらで執務をなさっているのかな、と。もともと使ってらした執務室の方か、騎士団の方か……」

驚いたことに、執務室は二か所もあるらしい。わからないのなら順番にまわるしかないだろう、とあっさり決めたローズマリーは、先に騎士団の方へ向かうことにした。

理由は簡単だ。王族の居住する棟から、国王や王子の執務室がある棟へ向かう途中に騎士団の団舎があるからである。

ただ、これまで総括という職務は長らく空席だったという。そのため、ずっと空き部屋だったそこを使っている可能性は低いのではないか、と護衛騎士は遠慮がちに述べた。

緑溢《あふ》れる並木道を通り、しばらく歩くといきなり視界が開ける。木陰から急に太陽の下に出たローズマリーの目が眩《まぶ》しさにくらんだ。

ざわざわと幾人かが話す声と、せいっ、という気合いの声が耳に入ってくる。

「……いたわね」

「いましたね……」

なんとなく顔を見合わせて、ローズマリーと護衛騎士は声を揃えて呟いた。

オズワルドの姿があったのは、団舎にほど近い騎士の鍛錬場だ。ただ、こちらは見学客など訪れない、小さな場所である。余談だが、普段使っている見学者が入れる鍛錬場は、本来試合を行うための会場に使われているもので、規模はこの五倍くらいだ。

朝早いせいか、といっても朝食の時間を過ぎているので早すぎるというほどではないが、人影はまばらだ。軽く体を動かす程度の者が多い中にあって、オズワルドは――いや、オズワルドとエイブラムはすでに激しく打ち合っている。

「ちょっと、大丈夫なの、あれ……」

「鍛錬で使っている剣は刃を潰してありますから、大怪我の心配はないですよ」

見学していた訓練でも、ここまで激しくやりあっているのを見たことはない。顔色を青くして問いかけたローズマリーに、護衛騎士はなんでもないことのようにさらりと答えた。

だがそれも、エイブラムに向かって落ちた雷撃――これをエイブラムは見事に躱《かわ》したが――を見ると目を丸くする。

オズワルドの魔術だ。

「あらぁ……」

「ね、本当に大丈夫なの？　あれ……」

とぼけた声を上げた護衛騎士を横目で睨《にら》んで、ローズマリーはもう一度問いかけた。護衛騎士は、二、三度瞬《まばた》きをしたあと、気まずそうに口を開く。

「まあ、お相手が団長なら……」

二人と長く過ごしてきた騎士団の一員がそう言うのであれば、そういうものなのだろう。歯切れの悪さはひっかかるが、止めに入るわけにもいかない。下手をすれば、怪我をするのはこちらである。

仕方なく、ローズマリーは二人の立ち合いが終わるのをじっと眺めていた。

実際にオズワルドが剣を振るっているところを見るのは、そう何度もあることではない。何せ見学に行けば、いつの間にかローズマリーの元に姿を現しているので。

だが、これまでに見た姿はまるで本気を出していなかったのだということはよく、わかった。

鋭い斬撃に素早い身のこなし。剣を操る合間に繰り出される魔術への流れはよどみなく、エイブラムでさえ一歩間違えればその餌食《えじき》になっているだろう。だが、相手をするエイブラムの表情にまだ余裕を感じるのとは逆に、オズワルドの表情は硬く、息も乱れているように見える。

びゅ、と剣が風を切る音がここまで届いてくるような気がして、ローズマリーは身をすくめた。

――本当に、怪我しない……？

どう見ても、二人ともかなり本気を出している。刃を潰してあっても、当たれば軽傷では済まないのではないか。

そわそわしながら見守っていると、視線の先でオズワルドが一瞬姿勢を崩した――ように、見えた。

「あ……」

その先を予想して、ローズマリーは思わずぎゅっと目を閉じた。出しそうになった大声は、慌てて口を押さえたことで飛び出さずに済んだ。そう近い場所ではないから多少大声を出しても気付かれはしないだろうが、なんとなく二人の集中を乱すような気がして、ゆるゆると息を吐く。

ローズマリーが再び目を開いたとき、二人の決着はすでについていた。それも、ローズマリーの予想外の方向で。

片膝をついたエイブラムの背後に回り込んだオズワルドが、その背中に剣先を突き付けて立っていた。

「え、や、ええ……？」

「いやあ、殿下さすがでしたねえ。妃殿下、今の見ました？　一番いいシーンを見逃したらしい。

護衛騎士が興奮気味に問いかけてくる。どうやら、ああで……と頼んでもいないのに解説を始める。ふ
もったいないなあ、とぼやく護衛がこうで、ああで……と頼んでもいないのに解説を始める。ふんふんと聞き流しながら、二人の姿を視線で追うと、エイブラムが笑いながらオズワルドにタオルを投げかけ、何か話しているのが見えた。

オズワルドはそれを受け取りながら、エイブラムの言葉を聞いて——そして、少しばかり拗ねたような表情を浮かべている。ただ、その表情が若干緩《ゆる》く、かすかに頬が赤いように見えるのは、打ち合いのあとだからか、それとも——

ぎゅ、とこぶしを握り締《し》め、ローズマリーは唇を引き結んだ。

——エディスの嘘つき。

やっぱり違う。オズワルドが好きなのは自分ではない。

あの表情をローズマリーは見たことがある。ローズマリーの隣でエイブラムを見つめていたオズワルドは、やはりあんな顔をしていた。

いまだ興奮気味に何かを話し続けている護衛にくるりと背を向けると、ローズマリーは駆け足でその場から逃げ出した。

◇

「腕を上げましたね、殿下」

「……嘘をつけ、エイブラム。俺が騙されると思うか？　最後に手を抜いただろう」

「おや、気付かれちゃいましたか……いえ、ローズマリーさまにいいところをお見せになりたいかな、と」

唇を尖《とが》らせてエイブラムを見上げていたオズワルドは、その言葉にわずかに頬を染めた。だいぶ離れた場所だったが、ローズマリーの姿に気が付かないオズワルドではない。

——思ったより元気そうで良かった。

内心そんな風にホッとしたものである。

エイブラムもまた同様に、彼女の姿に気付いていたのだろう。打ち合っている最中に、にやりと笑ったのを思い出して、オズワルドは「ふん」と鼻を鳴らした。ただし、頬が染まったままなので、エイブラムは内心笑いが止まらない。

「できれば手加減なしで一本取るところを見せたかったけどな」

「殊勝な心掛けですな。それで、気晴らしにはなりましたか」

使用した鍛錬用の剣を二人並んで磨きながら、エイブラムは軽く肩をすくめて問いかけてくる。

それに同じように肩をすくめて、オズワルドは細く息を吐いた。

「まあ……ここのところ早朝から深夜まで数字とにらめっこだからな。お前にも付き合わせて悪いとは思ってるけど」

「おや、気晴らしをしたいのはそちらでしたか……？」

　ふふ、と意味ありげな笑みを浮かべたエイブラムが手を伸ばしてくる。その手に磨いた剣を渡しながら、オズワルドは半眼で彼の顔を見た。

「……ほかに何があるんだよ」

「いいえ、私はてっきり――ローズマリーさまのことでなんぞお悩みなのかと」

「ローズマリーの？」

　ぎくん、と身体をこわばらせたオズワルドを見やって、エイブラムがため息をつく。

「相変わらず、ローズマリーさまのことになるとすぐ顔に出ますね……」

「う、うるさい……」

　顔をぷいと逸《そ》らしたオズワルドににやにやと笑いながら、エイブラムは所定の場所に剣を戻した。ついでに脇に置いてある保冷庫から水を取り出すと、重ねてあったグラスに注《そそ》いだ。二つ用意したそれを両手で持ち、オズワルドの元へ戻ると片方を渡す。

「ああ、悪い」

「いえいえ……それで、どうしたんです？　先日はちゃんとお話しになりましたか？」

　水を受け取ったオズワルドがそれに口をつけるのを見計《みはか》らったかのように、エイブラムが言う。そのあまりのタイミングの良さに、オズワルドは「んぐっ」と妙な声を上げて胸元を叩いた。げほげほと咳き込むと、恨みがましい視線を向ける。

すると、エイブラムはひょいと肩をすくめてみせた。

「ああして煽《あお》れば少しは素直になると思いましたけど……その反応を見るに、何かやらかしましたね？」

――さすが、子どもの頃から傍にいるだけのことはあるな。顔色ひとつですべてを悟るのは本当にやめてほしい。

ふう、とため息をついてじっとりとした視線をエイブラムに送る。そう、あの日確かにオズワルドはやらかした。

ローズマリーとろくに話もせず、縛り上げた挙句の蛮行だ。気が高ぶっている間はそれで良かったが、事後、気を失ったローズマリーの姿を見て我に返った。

そして――思い返してオズワルドは苦い表情になる。

あれから今日で三日、オズワルドはやらなければならない仕事を言い訳に、ローズマリーと顔を合わせるのを避けているのだ。

本当なら、翌朝すぐにローズマリーに謝罪するべきだった。だが、いったいどんな顔をして彼女の前に立てばいいのか、そのときのオズワルドにはわからなかった。

そして、何より恐ろしかったのは、ローズマリーの目だ。そこに嫌悪の情を見ることが、オズワルドは何より恐ろしかった。ずっとその視界の中に入りたいと切望していたというのに、オズワルドはそこから逃げ出したのだ。

「何をやらかしたのか、詳しくは聞きませんけどね、殿下。これ以上こじれる前になんとかした方がいいですよ」

「……わかってる。その……今日は、早く帰る」

ローズマリーの元気そうな姿を見て安心したこともある。だが、ここに彼女が姿を見せた——ということは、おそらく自分に何か用が、というか話があってのことだろう。正直、自分のやらかしを思えばいい話ではないと思うが。

そこまで考えてから、オズワルドはハッとして目の前のエイブラムを見つめた。

——ま、まさか、エイブラムに会いに来たわけじゃないよな……？

ありえなくはない。オズワルドにとってそうであるように、ローズマリーにとってもエイブラムは頼りになる大人で、そして彼女にとっては想い人でもある。……何か妙な誤解をしているけれど、そこに変わりはないはずだ。

そこに思い至って、オズワルドはがっくりと肩を落とした。

力のない返答をしたオズワルドに片方の眉を上げたエイブラムだったが、ふと何かに気付いたように視線を巡らせる。

「おや、ローズマリーさまのお姿が見当たりませんな」

「ええ……？」

はっと顔を上げて見てみれば、確かにローズマリーが立っていた場所に彼女の姿がない。四方を見渡してみても結果は同じだ。

——エイブラムに会いに来たとしても、俺と一緒にいるのは想定内だろうに……

それほどまでに嫌われたのか、と思うと胸の中がじくじくと痛む。自業自得だとは思ってみても、それはさらに自分の心をえぐるばかりでなんの慰めにもなりはしない。

はあ、と重苦しいため息が唇からこぼれた。

「まったく、何を考えてらっしゃるのか知りませんが――」

そんなオズワルドにエイブラムが何か言いかけたとき、二人の元に誰かが駆け寄ってきた。はあはあと息を切らせているのは、ローズマリーに着けていたはずの護衛騎士だ。

「殿下、団長、申し訳ございません……！」

がくっ、と膝をついた護衛騎士に、エイブラムが厳しい視線を投げかける。ローズマリーがいないのに、護衛騎士がここにいる。それだけでもう事態は明白だった。

「妃殿下を見失いました……！」

「どこでだ？」

普通に考えて、ただの令嬢であったローズマリーに護衛を撒《ま》くなどという高等技術があるはずもない。一瞬最悪の想像が脳内をよぎって、オズワルドの顔色が青くなる。

――城内なら人目も多いし、過剰な護衛体制は逆効果だと思って一人だけにしていたが、それが失敗だったか。

ぎり、と奥歯を噛みしめたオズワルドに、護衛騎士が報告する。

「その、殿下とオルガレン団長の先程の模擬戦について解説をしておりましたところ、その途中で気付いたときにはもう……も、申し訳ありません、つい熱が入り……」

「部屋には戻ってないのか？」

「この周辺を探したあと、部屋も見てまいりましたが、そちらには」

青い顔で首を振った護衛騎士に頷いて、エイブラムに視線を送る。騒ぎ立てるのはまずい。

「五、六人見繕《みつくろ》ってすぐに捜索させてくれ。騒ぎにならないよう注意して……俺も行く」

「承知いたしました」

オズワルドの指示を受けて、エイブラムがすぐに身を翻《ひるがえ》す。その後ろ姿を見送って、オズワルドは護衛騎士に視線を戻した。

「お前は、部屋に待機してローズマリーが戻ってきたら報告しろ。もしかしたら単に一人になりたかっただけかもしれん。——そうであることを祈りたいものだ」

「しょ、承知いたしました！」

顔を上げた護衛騎士が「ひっ」と息を呑んだところを見ると、相当自分はひどい顔をしているのだろう。

慌てて走り去る後ろ姿を見つめて、オズワルドはため息をついた。

第七話　迷い道

やみくもに走って、走って――そして現在。

「ここ……どこなの……」

我に返ったローズマリーは、城の長い廊下できょろきょろと辺《あた》りを見回し、はあ、というため息とともに呟いた。

セーヴェル王国の中枢部である王城は、かなり広大な敷地を有している。何度も城を訪れているローズマリーであっても、実際に入ったことがあるのはほんの一部だ。それこそ舞踏会が行われる大広間や、それに付随した休憩室や談話室。それから開放されている庭園や、騎士団の鍛錬に用いられている闘技場などである。

オズワルドたち王族が住んでいる――今はローズマリーもその住人だが――場所は、城ではあるが棟が違う。

現在いるこの場所に、ローズマリーはまったく見覚えがなかった。前を見ても後ろを見てもその風景にほとんど変わりがない。白く塗られた壁に金の精緻なレリーフが飾られ、その合間には重厚な木の扉が並んでいる。それだけだ。

レリーフの意匠には見覚えがあるので城の中なのは間違いないが、それ以外の手掛かりがない。

つまり、彼女は今、完全に迷子になっていた。

「……う、ううーん」

あたりを見回してみても、城の中だというのに何故か人気《ひとけ》がない。普通なら、使用人の一人くらいは見かけそうなものだというのに。

――あんまり使われてない場所なのかしら？

とにかく騎士団舎からこの場所まで、ほぼ全力で走ってきたのだ。ローズマリーも貴族の子女らしく、乗馬や散歩でそれなりに体力をつけてはいるが、さすがにドレスを纏《まと》って全力疾走した経験はない。それほど長い距離を走れたとは思えなかった。

城の奥まで来てしまったわけではないだろう。であれば、来た道を戻ればすぐに外に出られるはずだ。

感情に任せて逃げてしまったが、それで何がどうなるわけでもない。走っている間に頭が冷えたのか、ローズマリーはだんだん冷静さを取り戻しつつあった。

――戻らないといけないわね。

そう思う。だが、それでもどうにもならないことがある。

はあ、と大きなため息をついて、ローズマリーは目の前を睨《にら》みつけた。

「こんな角、曲がったかしら」

とりあえず、外に出さえすればなんとかなる。そう思って、来た道――と思しき方向に歩き始めてすぐ、ローズマリーは廊下が二手に分かれている場所に出てしまったのだ。

正直なところ、こんな角にはまったく覚えがない。ローズマリーは「ううん」と唸《うな》り声をあげた。

——そうなのよね……私、方向音痴なのよね……

護衛騎士を必ずつけろ、とオズワルドに言われたときのことが不意に思い出されて、ローズマリーは苦笑した。窮屈だし必要ない、城の中なら大丈夫、と断ったローズマリーに、彼は「お前は絶対に迷子になるから」と渋い顔で言ったものである。それでも最近は、迷わず行ける場所も増えてきていたけれど。

思い返せば子どもの頃からそうだった。だから、迷路のたぐいは苦手だったのだ。子どもの頃にはよく遊んだけれど、あれだってオズワルドが一緒でなければ一歩も足を踏み入れたりはしなかっただろう。

自信満々に「僕がついてるから！」と無理矢理誘ったくせに、たいてい一緒になって迷っていたことを思い出して、ローズマリーの口元がふっと緩《ゆる》む。

——結局、毎度毎度泣き出す私の手を引いてくれたのはオズワルドだった。だから私は安心できたんだわ。

あの頃素直になっていたら、今は少し違う関係をオズワルドと築けていただろうか。それとも、やはりあのときと同じように拒絶されて終わりだろうか。

そんなことをふと考えて、ローズマリーはゆるゆると首を横に振った。仮定の話を考えていても仕方がない。未来がどうなるかなんてあの頃はわからなかったし、今もわからないままだ。

だが、こうして少し頭が冷えてきて、やっとわかったことがある。

――今、オズワルドの愛する人が誰であっても、私が彼を愛していることに変わりはない。

自覚した今となっては、こっそり見つめていた視線の先に誰がいたかなんて明白で。その過去から今までの彼の姿を思い出して、ローズマリーはぎゅっとこぶしを握る。

それだけでいいのだ、と迷いを切り捨てて前を向く。

そもそも、最初に決めたことではないか――隠れ蓑《みの》の妻でいい、と。

「よーし、こっち！」

正解か不正解かなんて、あとからわかることだから、今自分にできることをしよう。うじうじするのは性に合わない。

とりあえず今のローズマリーにできることは、この場所から抜け出して部屋へ戻ること。そして、置いてきてしまった護衛騎士に謝罪することだ。

――騒ぎになっていないといいけれど。

なっていないわけがないのだが、ローズマリーは軽く肩をすくめると選んだ方向へと進み始める。

その先にも、やはり同じような廊下が続いているだけ。

だが、出口は必ずあるはずだ。

そう信じて歩き出したローズマリーの耳に、ふと誰かの話し声が聞こえたような気がした。

――人がいる……？

きょろきょろと辺《あた》りを見回したが、廊下には姿を隠せるようなものは何もない。ということは、この並んだ扉のどれかの中から聞こえているのだ。

もう一度耳を澄ませてみる。ここまで歩いてきて初めての人の気配、ということは人がいるのはこの先だろう。だが、かすかに聞こえたような気がした声は、それから一向に聞こえてこない。

もう一度声がしたときに聞き洩《も》らさないよう、ローズマリーは慎重に、静かに静かに歩を進めた。

もちろん目的は決まっている。誰だかは知らないが、ここにいるということは、ここまでの道順を知っている人物だ。出口までの道案内、とは言わないから、せめて道が合っているかどうかくらい教えてもらいたい。

できれば、自分の顔を知らないような下働きだといいのだけれど、それは高望みだろう。騒ぎにならないように、何か言い訳を考えておかないと……

「——、——というのか!?」

「いや、そうでは——」

突然聞こえた扉越しにさえわかる大声が、そんな考え事をしていたローズマリーの身をひゅっと竦《すく》ませた。

驚きに心臓がばくばくする。これほどまではっきり聞こえてくれば、ローズマリーにもそれがどこなのかわかった。左手側の一番手前の部屋だ。

ごくりと息を呑んで、ローズマリーは恐る恐るその扉へと近づいた。おそらくこの中にいる人物たちは、何か口論をしているのだろう。道案内など気軽に頼めるはずはない。

だが聞こえた声の、何かが引っかかったような、そんなもどかしくなる気持ちに駆られて、そうっと扉の前で聞き耳を立てる。幸いなことに、いや幸いなのかどうかは不明だが、いまだに周囲に人影はない。

扉の中には、今声が聞こえた二人だけではなく、何人かいるようだ。激高する一人をなだめる声が複数している。

――あれ、この声……やっぱり……？

どこかで聞いたような声だ。この、ちょっとしわがれたような……それでいて、妙に威圧感のある……

「――が、証拠など――」

「ここ――、奴め、過去の――だぞ！」

「しかし、騎士団の――ど、――」

騎士団。聞き捨てならない単語を耳が拾った。ローズマリーは声の主を思い出すことを一時中断し、中の声に耳を澄ます。

厚い扉越しでは漏《も》れ聞こえてくる声はわずかだが、断片的な情報を拾い集めたローズマリーの表情はだんだんと色をなくしていった。

――う、嘘……騎士団で、そんな……？

ふら、とへたり込みそうになる足をなんとか奮い立たせて、一歩後ろへ下がろうとする。

ここで交わされているのは、騎士団内で長らく行われてきた資金流用に関する会話だ。それについて今、調査の手が伸びているのだという。

調査を指揮しているのは、新しい総括に任じられた――

「まさか、こんなところにいらっしゃるとは」

「ひっ……？」

あげかけた悲鳴は、大きな掌に呑み込まれた。

突然気配もなく背後から声をかけられ、悲鳴をあげかけた口をそっと塞《ふさ》がれたのである。緊張に息を呑んだローズマリーが、おそるおそる振り返ったその先にいたのは、苦笑したエイブラムだった。

口元に人差し指を立て「静かに」と言われ、ゆっくりと頷くと、彼はそうっとその手を外す。

「オルガレン……団長……」

今度こそ、ローズマリーの脚からへなへなと力が抜けた。崩れ落ちそうになるローズマリーに、エイブラムが手を貸して立たせてくれる。

「ありがとう」

「いえいえ――それで、妃殿下。このような場所で何を？」

にっこりと見慣れた笑みを浮かべたエイブラムに小声で問いかけられて、ローズマリーははっと我に返った。今度はローズマリーが口元に指を立てる仕草をすると、その意図はどうやら伝わったらしい。

まあ、どちらかといえば抑え目なエイブラムの声よりも、ローズマリーの声の方がおそらく大きかっただろうが、その点については賢明にも触れることはなかった。

しばらく耳を澄ませていたエイブラムは小さく頷くと、ローズマリーの肩を引き寄せ、耳元に小声で指示を出す。

「失礼……妃殿下、ここは私が。いいですか、ここからあの角を右に曲がってまっすぐ出れば、団舎の方に出ます」

エイブラムが指し示すのは、ローズマリーが元来た道の方向である。結局、間違えた方向に進んでいたらしい。

少しだけ落ち込みながらもローズマリーが頷くと、エイブラムはさらに続ける。

「ここで聞いたことは内密に願います。これは――」

「……オルガレンか、遅かったな。ん？」

だがそこで、がちゃ、と扉の開く音がして、ローズマリーの肩が跳ねる。それと同時に、中から顔を出した男がエイブラムの姿を見て声をかけた。寸前でエイブラムの身体の陰に隠されはしたが、さすがに完全に隠れられるわけもなく、すぐに気付かれてしまう。

「おい、それは……？」

訝《いぶか》しげな男の声に、エイブラムのため息が重なった。ローズマリーの肩に置かれた彼の手に、ぐっと力が籠《こも》る。

この状況がかなりまずいことは、ローズマリーにもひしひしと伝わってきた。心臓がばくばくと音を立て、顔から血の気が引いていく。

だがエイブラムはその男に向かって、落ち着き払った口調で返答をした。

「……妃殿下が、どうやら道に迷ってここにたどり着いてしまったようでして」

「迷って？　妃殿下がか……？」

「ええ、迷って、です。それは間違いなく。すぐに送り届けてきますから……」

さりげなく歩き出そうとしたエイブラムに、男は「待て」と短く声を発した。

「……話を聞かれたかもしれないんだぞ、そうやすやすと帰せるわけがないだろうが」

「通りかかったくらいで聞こえるような場所ではないでしょう？」

「いや、閣下がな……。まあいい、少し我々にお付き合い願いますよ、妃殿下」

ぴく、とローズマリーの肩が跳ねる。男の声は、明らかにローズマリーに対して疑惑を抱いているようだった。

それもそのはずだ。

騎士団内の資金流用、その調査をしているのは彼女の夫たる騎士団総括、第二王子オズワルドなのである。

本当に偶然だったが、そう言われて「はいそうですか」というわけにはいかないだろう。

がくがくと震える足をなんとか奮い立たせ、唇の内側をそっと噛む。顔を上げようとしたとき、肩に添えられていたエイブラムの手が、再びぐっと力を籠め、ローズマリーを支えた。

――そ、そうよ……大丈夫、オルガレン団長がいてくださるもの……

エイブラムの手に力を得て、ローズマリーは男の顔を見上げた。男は騎士団の制服ではなく、地味な上着を身に着けている。てっきり中にいるのは騎士ばかりなのだろうと勝手に思っていたローズマリーは、少しだけそれを意外に思った。

「殿下」

扉の中へとローズマリーを案内しながら、エイブラムが囁《ささや》く。

「何も聞かなかった、いいですね？」

怪しまれないためだろう、手短にそう告げると、彼はローズマリーを守るように先に立ち、部屋の中へ足を踏み入れる。

――私は、何も聞かなかった。それで押し通せってことよね……

背中に向かって小さく頷いたローズマリーだったが、ふとそこで一つ、小さな疑問が頭をかすめた。

――あれ？　私がここにいるのはおかしいのに、オルガレン団長はいてもおかしくないの……？

男はエイブラムに向かって「遅かったな」と声をかけていた。彼がここに来たのは、ローズマリーを探してのこと、単なる偶然の産物のはずだ。しかしそれなら、男からはまるで待っていたような言葉は出てこないのではないだろうか。

背中に冷たい水を浴びせられたような感覚がして、ローズマリーは思わずこぶしをぎゅっと握りしめる。

――そんなこと、あるはずないわ。

オズワルドがもっとも信頼し、幼少期から彼に仕えているエイブラムに限って、そんなことがあるはずがない。心に浮かんだ疑惑を振り払うように軽く頭を振ると、ローズマリーは震える足に力を込め、彼に続いて部屋の中へ足を踏み入れた。

部屋は思ったよりも随分と狭い。調度もどこか古びた雰囲気で、明らかに今は使われていないことが窺《うかが》える。

室内にいるのはローズマリーとエイブラムを除くと五名で、そのうちの一人はローズマリーにとって見知った顔であった。

「あ、アスキス公爵……」

「これは妃殿下、顔を覚えていただいていたとは光栄ですな」

にたり、としか形容のできない笑みを浮かべ、杖を持った老人の姿に、思わず口からその名がこぼれ出る。返ってきた少ししわがれた声に、先程大声で怒鳴っていたのがアスキス公爵だと気が付いて、ローズマリーはごくりとつばを呑み込んだ。

だが、そんなローズマリーの様子を一瞥しただけで、興味を失ったようにアスキス公爵はエイブラムの方へと視線を移した。

「オルガレン、妃殿下は何故このような場所に？」

「道に迷われたそうで。城の構造を頭に入れようと、中を散歩なさっておいでだったようですよ」

「……護衛もなしにか？」

「城の中ですからね」

ゆったりとした口調で、こともなげにエイブラムが言う。だが、アスキス公爵はその言葉に鼻を鳴らし、吐き捨てるように言葉を紡いだ。

「オズワルド殿下も甘いことだ」

その口調にはあからさまに呆《あき》れがにじんでいる。自分のせいでオズワルドが悪《あ》しざまに言われたと感じたローズマリーが、思わず反論しようとしたのをエイブラムが制した。

肩をすくめたエイブラムは、いくらか宥《なだ》めるような口ぶりでアスキス公爵の言葉に応《こた》える。

「まだお若いのですから」

「――そう、若すぎる」

アスキス公爵は苛立ちを含んだ声でそう言うと、どん、と手にした杖で床を叩いた。傍に立っていた小柄な騎士服の青年――いや、少年のようにも見える――が、驚いたように肩を震わせる。

その騎士の顔を見て、ローズマリーは内心で首を傾《かし》げた。見たことのない顔、だと思う。ローズマリーもだてに長い間、騎士団の訓練を見学に通っていたわけではない。一通り、彼らの顔は頭の中に入っている。

少し長めの金の髪を青いリボンでくくり、ぱっちりとした緑の瞳をしたその騎士は、ローズマリーの視線に気が付くと少しだけ口角を上げた。

――いいえ、どこかで見たような気がする……？

だが、それがいつどこでだったのか。思い出そうとしたローズマリーの思考を遮《さえぎ》るかのように、アスキス公爵は再び声を荒らげ始めた。

「何が総括か……！　騎士団のしきたりもろくに知らぬ小僧が……！」

「閣下、どうか……」

先程扉を開けて顔を覗かせた地味な上着の男が、ちらりとローズマリーの顔を見ると慌ててアスキス公爵を宥《なだ》めにかかる。

しかしその意図もむなしく、アスキス公爵は血走った眼をぎょろつかせ、わめきはじめた。

「あいつが、偉そうに……っ！　これまで騎士団を支えてきたのは誰だと……！　それを、それを……」

「閣下！」

今度はエイブラムが大声を出して、アスキス公爵の言葉を遮《さえぎ》った。大股で歩み寄ると、その背中を優しく撫でる。

「どうか、落ち着いてください。ええ、閣下の功績はみな知っております……」

「オルガレン……」

いくらか落ち着きを取り戻したアスキス公爵が、エイブラムの袖を縋《すが》るように握りしめ、息をつく。

ローズマリーは息を呑んでその光景を見つめていた。

――まさか、嘘、嘘よ……。そんなはずない……

しかし、どう見ても、明らかにアスキス公爵はエイブラムを信用しているように見える。しかも、この部屋の中にいる誰よりも、だ。

その証拠に、誰も宥《なだ》めることのできなかったアスキス公爵を一声でおとなしくさせたではないか。

――だって、ここにいるのは、騎士団で不正をしている人たちなんでしょう……？

少なくとも、ローズマリーが部屋の外で盗み聞きした会話から推察する限りそのはずである。だというのに、その調査にあたっているオズワルドの直属の部下であるはずのエイブラムを、何故。

そんなはずはないという希望と、目の前の光景が示す事実にローズマリーの心が揺れる。

だが、続くアスキス公爵の言葉が、ローズマリーの希望をあっさりと打ち砕いた。

「お前だけが頼りだ、オルガレン。どいつもこいつも役立たずばかりで……」

「は、そのようなことは」

まるでローズマリーがその場にいるのを忘れでもしたように、アスキス公爵はそう呟くと首を横に振った。

その場にいた全員の視線が、アスキス公爵に集中している。

「みな口を開けば、証拠など見つけられるわけがない、放っておいても平気だなどと……お前がこうして味方してくれなければ……」

「閣下、どうかその辺で」

ちら、とローズマリーに視線を走らせたエイブラムが、ゆっくりと首を振りアスキス公爵の言葉を遮《さえぎ》ろうとする。その視線は明らかに、ローズマリーにこれ以上の話を聞かせたくないと言っていた。

だが、それはすでに遅い。

——オルガレン団長が、オズワルドを裏切っていた……？

あまりのショックに足元がふらつく。

これまで彼に寄せてきた好意も信頼も、すべてが根底から崩れ、ローズマリーの目の前が暗くなる。

よろめいたローズマリーを助けてくれたのは、先程までアスキス公爵の傍にいたはずの金髪の騎士だ。いつの間に移動してきたのか、まったく気付かなかったあたりは、それなりに優秀な人物なのかもしれない。

――でも、この人も彼らの仲間なのよね……

小さく息を呑んで、さりげなく距離を取ろうとする。だが腐っても騎士らしく、ローズマリーのそんな動きに彼はあっさりと気付いたようだ。小さく肩をすくめると、安心させようというのか、笑顔を見せる。

しかし、すでに不信感でいっぱいのローズマリーの目には、その笑みがやけに恐ろしく思えた。

じり、と思わず一歩さがったその足から、かくんと力が抜ける。全速力で走ったあと、迷いながら歩き続けていたこともあって、とうとう足が限界を迎えたのだ。オズワルドと話をするために気合いを入れようと、踵《かかと》の高い靴を履いていたこともまた、原因の一つだろう。

がく、とバランスを崩して、ローズマリーはその場に倒れ込んでしまった。思わず伸ばした手の先にあった椅子にしがみつこうとしたが、古びていたせいか、みしりと音を立てた椅子は一緒になって倒れてしまう。

がたたん、と大きな音が室内にこだまして、緊張をはらんだ視線が一気にローズマリーに集中した。

「……そうだ、妃殿下」

一瞬の沈黙のあと、最初に口を開いたのはアスキス公爵だ。にたり、とゆがめられた口元に、悪意が漂う。

「ここでお会いしたのも何かのご縁でしょうなあ……。妃殿下には、ぜひこの栄光ある騎士団のため、お力添えをいただきたいものだ」

「何、を……」

情けないことに、声が震えてしまった。握りしめた手のひらに、じっとりと嫌な汗をかいている。もともと部屋にいたのは五人。エイブラムを入れれば六人。だが、杖をつくほど足腰が弱っている高齢のアスキス公爵は数に入れなくてもいいだろう。したがって、この場を切り抜けるために振り切らなければならない人数はやはり五人だ。

――まあ、無理でしょうね。

目を伏せて、ローズマリーはひっそりと嘆息した。近づいてきた金髪の騎士から差し出された手をしぶしぶ取ると、ゆっくりと立ち上がる。

この青年騎士とエイブラムがいる限り、ローズマリーが自力でここから逃げ出すのは無理だろう。ドレスの隠しポケットにそっと手を入れ、中にこっそりとしのばせていた小瓶をぎゅっと握りしめる。あの日、城下に連れ出してくれたオズワルドが買ってくれた、ビーズの詰まった小瓶だ。お守り代わりに持っていたそれは、自分の体温でだろうか、ほのかに暖かいような気がした。

「なに、簡単なことですよ。妃殿下であれば」

くっ、と笑うしわがれた老人の声が、ねっとりと耳にまとわりつくようで不快だ。力の入らない足を叱咤《しった》して、ローズマリーはせめてもの矜持《きょうじ》で正面を向き、アスキス公爵の姿を視界に入れた。

その先にある姿は、やはり口元にはいびつな笑みを浮かべている。しかし、そのよどんだ瞳に笑みの気配はなく、じっとりとした視線がローズマリーを無遠慮に見つめていた。

その隣に立つエイブラムの表情は少し硬く、その心情を読み取ることはローズマリーにはできない。

「オズワルド殿下に、これ以上騎士団の内部をひっかきまわされては困りますのでね……ちょっと殿下にお話をしていただきたいのですよ」

「……わからないわ、なんの話かしら」

できるだけ平静を装ったつもりだが、果たして虚勢が通じているだろうか。味方が一人もいないことが、これほど心細く感じたことはない。

自分の取るべき方法が本当にこれで良いのかわからない。

――オズワルド……

この場にいない夫の姿を思い浮かべて、そっと息を吐く。

――あなたがここにいてくれたら、以前のように「大丈夫だ、任せておけ」と言ってくれたかしら。

そんな考えがちらりと頭に浮かんで、ローズマリーは心の中で苦笑した。なんだかんだいって、結局いつだってオズワルドを頼りにしている、ということを再確認してしまったからだ。

隠しポケットに収まっている小さな瓶に縋《すが》るように、もう一度ぎゅうっと握りしめる。

「ここまでこの場で話を聞いていたなら、お察しくださってもよいでしょうに……まったく、これだから若い女は……いや……女だけではないか、最近の若者は察しが悪いですなあ」

ことさらこちらを煽《あお》るように、アスキス公爵の声には侮蔑の響きがある。杖を支えにゆっくりと立ち上がった老人は、こつりこつりと音を立てながら、ゆっくりとローズマリーの元へ歩き始めた。

――いいわ、いざとなったらこれを目潰し代わりに投げつけてやるんだから。

中身の深い青色を思い浮かべて、ローズマリーは口元に笑みを浮かべる。不思議とオズワルドが側にいるような気分になって、今度はしっかりと顔を上げてアスキス公爵をまっすぐに見つめた。よどんだ瞳と目が合う。彼女の態度をどう捉《とら》えたのか、アスキス公爵はローズマリーの目の前で立ち止まり、しわだらけの手を伸ばしてきた。

「オズワルド殿下が一年の婚約期間すら待てなかった、ご寵愛深い妃殿下。あなたが一言、騎士団の資金に関する調査をやめてほしいとおっしゃったら、殿下はその通りにしてくださるでしょう、と申し上げているのですよ」

嘲笑を浮かべたアスキス公爵の手が、もう少しでローズマリーの腕に触れる。その身体の向こうにいるはずのエイブラムがどんな顔をしているのか、彼女にはそれを確認する余裕などなかった。

笑顔を浮かべたまま、ローズマリーはアスキス公爵の手をぺしりと払いのける。ぴく、と彼は眉を跳ね上げた。

「――どうも、私には少しばかり難しいお話のようですわ。騎士団の資金に関する調査、と仰《おっしゃ》いますけれど……それをやめなければならない理由が、まったくわかりませんもの」

首を傾《かし》げ、ゆっくりとそう言いながら、ローズマリーは握りしめた小瓶の蓋を緩《ゆる》めた。ぐぐ、とドレスの中の足に気合いを入れ、いつでも走り出せる態勢を整える。

幸いなことに、部屋に入ったときからほとんど動いていないローズマリーのすぐ後ろは扉だ。ちら、と視線を走らせて確認すると、金髪の騎士は数歩離れたところに立っていて、扉と自分の間に障害はない。目潰しを投げつけるなら、申し訳ないが金髪の彼に向けてだろう。アスキス公爵の足では追っては来れまい。

そこまで考えて、ローズマリーはその計画の杜撰《ずさん》さに心の中で苦笑を漏《も》らした。たとえ彼に目潰しを食らわせて部屋から出られたとしても、残りは四人。ほかの人間ならいざ知らず、まず間違いなくエイブラムには追いつかれるだろう。

だが、それでも――ローズマリーにも譲れない一線がある。

ここで、アスキス公爵の要求に従うことは、それだけでオズワルドの立場を悪くする。そんなこともわからないほど愚かではない。それに。

――ただでさえ、恋い慕う相手に裏切られているオズワルドのことを、幼馴染の私まで裏切ることはできない――いいえ、それだけじゃない。

「ですから、残念ですが、閣下のご要望にはお応《こた》えできませんわ」

うまく笑えているといい。そう願いながら、ローズマリーはにっこりと微笑んでみせた。

――本当なら、これはいつか、一番にオズワルドに聞かせたかったのだけど。

きっぱりと言い切ったローズマリーに、アスキス公爵の表情が憤怒にゆがむ。それを見据《す》えて、ローズマリーは言葉を続けた。

「愛する方の――オズワルド殿下のお邪魔になるようなこと、するわけにはまいりませんから」

「なっ……きさま、何を馬鹿な」

おそらくは、ローズマリーが逆らうことなど微塵《みじん》も考えていなかったのだろう。怒りと、そして戸惑いの滲《にじ》んだ声を絞《しぼ》り出すように、アスキス公爵が呟く。もはや、王子妃に対する仮初《かりそめ》の敬意すら忘れたようだ。

それはほかの面々も同じだったようで、呆気《あっけ》にとられた表情でローズマリーを見つめている。この困惑が怒りに変わり、アスキス公爵は再び癇癪《かんしゃく》を起すだろう。その瞬間が勝負だ、と周囲の様子を窺《うかが》っていたローズマリーの視界の端で、エイブラムが身体を震わせている。

よくよく見てみれば、口元を隠したエイブラムと金髪の騎士だけが――どう見ても、笑いをこらえている。

思わぬ反応に面食《めんく》らったローズマリーだったが、その反応をどう解釈すべきか考えるよりも先に、エイブラムが口を開く。ローズマリーに向かって、ではなく、扉の外へ向かって。

「――だ、そうですよ。いやあ、若いっていいですねえ……入ってきたらどうです?」

その呼びかけに応じて、ローズマリーの背後でがちゃり、と扉の開く音がする。

「……まったくさあ、ほんとに……お前さあ……」

するりと部屋に滑り込んできた人物が発した声に、ローズマリーの肩が震えた。背後から伸びた腕が、ぎゅっと巻き付いてくる。

その、少し呆《あき》れた口調の主を、ローズマリーはよく知っていた。

驚きと、そして胸に広がる安堵で、ぎゅっと小瓶を握りしめていた指が緩《ゆる》んだ。ぽとん、と音を立ててそれが床に転がり、緩《ゆる》ませていた蓋が外れて中身が少しこぼれる。

ん、と小さく呟いてその小瓶を拾い上げた彼の瞳は、こぼれたビーズと同じ——いや、それよりも少し深い青色をしていた。

「お、お、オズワルド!? ど、どうしてここに……」

「どうしてって……お前を探してたに決まっているだろう？ まあ、こんなことになっていたのは予想外だったけど……」

ひょい、と小さく肩をすくめて小瓶を拾いあげたオズワルドが、蓋をきゅっと締《し》めながらそう答える。ほら、と優しく微笑みながら手渡されて、少しだけ中身の少なくなったそれをローズマリーはぎゅうっと握りしめた。

「それ、持っててくれたんだな」

「た、たまたまよ……」

つん、とそっぽを向いてみるものの、きっと自分の顔は赤くなっているだろう。それに、さっきの言葉も聞かれてしまったはずだ。

それにしても、いったいこれはどういう状況なのだろう。まったく理解が追い付かず、ローズマリーは少しばかり混乱気味だ。

そして、どうやらそれはローズマリーに限ったことではなかったらしい。

「なっ、こ、これは……」

驚きのあまり固まっていたアスキス公爵が、ようやく声を発する。それを聞いてはっとしたように、ほかの面々も戸惑ったようにオズワルドの顔を見つめた。

「まあ、そういうわけで……察しのいい閣下にはもうおわかりのことと思いますが。もう証拠固めの方はこうして潜入させていただけたおかげで、終わっちゃってるんですよねぇ」

「数字の方も併《あわ》せて、な」

さりげなく移動したエイブラムが、背後から戸惑ったままの二人の肩に手をかけて言う。オズワルドがそれを補足するように続ける間に、金髪の騎士もすぐ近くにいた一人の肩を叩くとにっこりと微笑んだ。

青ざめた三人が項垂《うなだ》れ、へなへなとその場に崩れ落ちる。

「え、あ、え……？」

落ち着いた様子のオズワルドとは違い、その光景にローズマリーはすっかり面食《めんく》らってしまった。

――ど、どうなってるの？　オルガレン団長は、オズワルドを裏切っていたわけじゃない、ということ……？　証拠固めは終わっている……？　えっ、じゃあ……？

いくつもの疑問が頭の中を駆け巡る。

微笑むオズワルドの顔を呆然《ぼうぜん》と眺めて、ローズマリーがその疑問を問いただそうとしたとき。

「き、貴様らぁ！」

目を血走らせ、しわがれた声を張り上げて杖を振りかぶったアスキス公爵が、ローズマリーに向けて殴りかかってきた。すっかり存在を忘れていた彼の蛮行に驚いて、ローズマリーはぎゅっと目を閉じ、とっさに頭をかばってしゃがみ込む。

「ローズマリー……！」

「きゃ……！」

「くそ、往生際の悪いッ！」

がきん、と鈍い音がして、ローズマリーはそろそろと目を開いた。アスキス公爵とローズマリーの間に身を割り込ませたオズワルドが、鞘ごと引き抜いた剣で杖を防いでいる。

どこにそんな力があるのか、アスキス公爵がそれにかまわずぐっと杖に体重を乗せ、押し込んでくる。不自然な体勢で受け止めていたオズワルドの眉間に、深くしわが寄った。

だがすでに老境のアスキス公爵と、若いオズワルドでは体力が違う。ぐ、と押し戻されて、アスキス公爵は数歩よろめいた。

「公爵、観念しろ。この場を逃げおおせられると思うか……⁉」

「おのれ、おのれ……ッ！　誰がここまで、騎士団を、この国を支えてきたと……ッ」

もはや正気とは思えぬ形相のアスキス公爵が、めちゃくちゃに杖を振り回しながら、口から泡を飛ばして喚《わめ》き始める。ローズマリーをかばうようにしてそれをはじきながら、オズワルドがその声に応《こた》えた。

「わかっている……！　だが、その職責を理由に私腹を肥やし、規律を乱した罪は重い」

横なぎに払った剣に弾《はじ》き飛ばされて、アスキス公爵の手から杖が落ちる。がらん、と大きな音がして、それは床の上を転がった。同時に、糸が切れたようにアスキス公爵の身体が床の上へと崩れ落ちる。

「しばらく、自邸にて謹慎し、陛下からの沙汰《さた》を待つように」

重々しく告げたオズワルドの言葉に、アスキス公爵は最後まで返事をすることはなかった。

第八話　新たな始まり

極限まで高まった緊張状態から解放されて、ローズマリーはその場にへたり込んだ。その顔を覗き込んで、オズワルドが声をかける。

「おい、ローズマリー……立て、そうにはないな」

ローズマリーの様子を確認したオズワルドの声は、どことなく機嫌がよさそうだった。よっ、と一声あげてローズマリーを抱え上げると、彼はエイブラムを振り返る。

「エイブラム、あとは頼む」

「承知いたしました」

にこやかに答えたエイブラムが、金髪の騎士を呼び寄せる。こんなときだというのに、その表情は滅多に見ないほど柔らかく――ローズマリーは「んん？」とわずかに疑問を抱いた。

――い、いえ、だって……

おろおろとオズワルドとエイブラムの顔を見比べて、ローズマリーははっとする。

――ま、まさか……!?

そんなローズマリーの顔を見下ろして、オズワルドは呆《あき》れたようにため息をついた。

「また何か妙なことを思いついたんだろうが……一応言っておくけど、あれは女だぞ」

「えっ……？」

確かに、騎士にしては少し小さくて細いかな、とは思っていた。だが、きりりとした立ち姿からは想像もできなかったことを教えられて、ローズマリーは目をぱちくりさせる。

そんな彼女に向かってにやりと笑ったオズワルドは、耳元に口を近づけて囁《ささや》いた。

「気付かなかったか？　あれ、エイブラムの婚約者。まあ、お披露目《ひろめ》はまだだけど」

「え、ええ!?　うっそお……」

婚約披露のときに遠目に見ただけだったが、楚々として儚《はかな》げな美人だった、と思う。そんな方がどうして、という疑問が顔に出ていたのだろう。ぷっと噴《ふ》き出したオズワルドは「あとで全部説明してやる」と言うと、その場から離れた。

途中で、もう歩けるから、と主張したローズマリーを抱えたまま、オズワルドは無言で城内を歩いていく。見覚えのある扉を開けて外へ出ると、眩《まぶ》しい昼の光が目を刺した。

細めた目で見上げたオズワルドは、やはり無言のままだ。しかし、何故か眉をひそめ、口をへの字に結んでいる。

――な、なんで急に機嫌が悪そうなの……？

そう短くない距離のはずだが、オズワルドのその様子にローズマリーもなんとなく口を開きづらい。お互い無言のまま、二人は自分たちの部屋へと到着してしまった。

部屋で待機していた護衛騎士に謝罪を伝えると、逆に謝られたうえ、自分の行動が大きな騒ぎにはなっていないことを教えられる。ほっと身体から力が抜けたところで、何故かいまだに自分を抱え上げたままのオズワルドによって寝室へと連れ込まれた。

「ちょ、ちょっと……」

丁寧に寝台の上に降ろされ、目的がわからずに困惑した声をあげる。そんなローズマリーの目の前に仁王立ちしたオズワルドは、やはりしかめっ面のままじっと彼女を見つめている。

うう、と意味のないうめき声を発すると、ローズマリーはその視線から逃《のが》れるように俯《うつむ》いた。

――もう、何か言ってよ……

アスキス公爵の暴挙ですっかり忘れていたが、その直前にローズマリーの気持ちはオズワルドに聞かれてしまっているのだ。どうしてか、抱きしめられた――のだと思う――りもしたけれど、結局そのあとはうやむやのまま。オズワルドがローズマリーの言葉をどう思ったのかは、まったくわからないままなのだ。

あのやりとりから察するに、エイブラムは不正をした側に潜入して、証拠固めをしていたのだろう。つまり、オズワルドを裏切ったりしていたわけではない。むしろ、そんな役割を任せたあたりに確固たるお互いへの厚い信頼が見て取れるわけで。

――ああっ、恥ずかしい……っ!

穴があったら入りたい、というのはこの場合にこそ当てはまる言葉だろう。

ちらり、と寝台の前に立つオズワルドの顔を見る。戻ってくる間と同様、やっぱり眉の間にはしわが寄っているし、口元もへの字のままだ。おまけに、その口の端が時折ひきつっている。どこからどう見ても、不機嫌極まりない顔に見えた。

ローズマリーとしては、結構覚悟を決めた宣言だったのだ。あの場で、アスキス公爵に向けて、というよりは、むしろエイブラムに向けた宣戦布告だったといってもいい。

あなたがオズワルドを裏切るのなら、私が支える。そう、言外に告げたつもりであった。

まあ、完全な勇み足だったけれども。

——まさかオルガレン団長が自ら潜入捜査に当たってらしたなんて……はやとちりもいいところじゃない。ああ……それに……なんで団長の婚約者の方があんな姿で、あんな場所にいたのかも……もう、説明してくれるって言ったじゃない！

心の中で何を言ったところで、オズワルドには聞こえない。だんだん八つ当たりめいてきたローズマリーの思考を知ってか知らずか、じっと見つめてくるオズワルドの視線を痛いほど感じる。先程ちらりと見たその目つきが、何やら物問いたげであったように思うのは気のせいではないだろう。

それもそのはずだ。隠れ蓑《みの》の妻でいい、と言った相手があんなことを言い出したのだから。きっと彼にも言いたいことがたくさんあるはずだ。

こくり、と小さくローズマリーの喉が鳴る。緊張のあまり、口の中が渇《かわ》いてきてしまった。何か、早く何か言ってほしい……！

「ね、ねえ……」

「その……怪我は、ないか？」

焦《じ》れたローズマリーが覚悟を決めて口を開くのと、黙り込んでいたオズワルドが口を開いたのは、ほぼ同時だった。

思わず顔を上げて、オズワルドの顔を見る。すると、ん、とへの字口のままのオズワルドが呟いて、ローズマリーの靴を脱がせにかかった。

「――走っていったって、お前、この靴でか？　無茶するな……」

口調のわりに優しい手つきで、そっと足先から靴を引き抜く。その拍子に少し踵《かかと》が痛んで、ローズマリーは一瞬息を呑んだ。きっと、走ったときに靴が擦《す》れたのだろう。だが、これまで痛みを感じていなかったのだから、大したことはないはずだ。

そう思って首を振ったローズマリーだったが、一瞬の反応を見逃すオズワルドではなかった。

「馬鹿か……隠してもどうせすぐわかるんだよ。ほら、足出して」

「だ、出してって……ちょっと、オズワルド、待って……！」

両方の靴を脱がせたオズワルドの手が、スカートの中へ潜り込む。いつかと同じように、器用な指が靴下留めを探り当てて、ぱちりとそれを外した。次いで、するすると薄絹の靴下を脱がせてゆく。

ぎくり、とローズマリーの身体が強張《こわば》った。

「オ、オズ……」

「……大丈夫だ、もうあんなことはしないから……」

震え声でオズワルドの名前を呼ぼうとしたローズマリーを安心させるように微笑むと、オズワルドは靴下を最後まで脱がせ、スカートの中から手を引き抜く。そして、裸足《はだし》になったローズマリーのくるぶしから踵《かかと》の辺《あた》りに視線を向けると、再び渋面を作った。

「ああ、やっぱり……これじゃ痛いだろ。薬箱をもらってくるから待ってろ」

「だ、大丈夫よこれくらい。放っておいても」

立ち上がり、身を翻《ひるがえ》そうとしたオズワルドの服の裾《すそ》を掴んで、ローズマリーは彼を止めた。ローズマリーにとって、こんな傷は実際大したことではない。

それよりも、早く聞きたいことがたくさんあるのだ。

――だが、一番聞きたいことを聞く勇気はまだない。

「とりあえず、さっきの説明からお願い……」

ローズマリーの言葉に、オズワルドが困ったように笑う。

「そうだな、全部――全部話すよ」

どっかりと、オズワルドはローズマリーの隣に腰を下ろす。そうして、何かを考えるかのように、深い青の瞳を天井に向けた。

しばしの間、二人の間に沈黙が落ちる。それからしばらくして、やっと意を決したようにオズワルドは口を開いた。

「最初に、ひとつ謝っておく」

居住《いず》まいをただした彼にそう切り出されて、ローズマリーは首を傾《かし》げた。謝られるようなことがあっただろうか、と一瞬考えて、それから背筋がひやりとする。心臓が大きく音を立て始め、ローズマリーは震えた手をぎゅっと握りしめた。

――謝るって、やっぱり、私の気持ちには応《こた》えられないとか、そういう……

先程、オズワルドとエイブラムのゆるぎない信頼関係を見せつけられたばかりのローズマリーは、またしても妄想の海に飛び込みそうになる。

それを引き戻したのは、オズワルドの手であった。

ゆっくりとローズマリーの腕を取り、フリルに隠された手首を撫でる。少しめくりあげられた場所には、まだうっすらと赤い痣《あざ》が残っていた。

あ、と小さな声がこぼれる。いろいろありすぎて、すっかり頭から抜け落ちていた。

「あー……まだ、残ってるな。……酷いことをして、悪かった」

「あ、う、うん……」

オズワルドが殊勝に頭を下げたが、ローズマリーは曖昧《あいまい》な返事を返す。正直なところ、そのあとにエディスに聞かされた話と、その後のアスキス公爵との一件の衝撃が大きすぎて忘れていた、なんて言えない雰囲気だ。

「それに、こんなことをしておいて次の日から顔も見せず……それも、悪かったと思ってる。正直、どんな顔をしてお前に会えばいいかわからなくて……」

目を伏せ、手首の痣《あざ》を撫でながらオズワルドが言う。その手に自分のそれを重ねて、ローズマリーは「ううん」と首を振った。

——これがなかったら私、もしかしたらオズワルドへの気持ちに気が付かないままだったかもしれないもの……

本当にそうなのかはわからないが、エディスとの会話にオズワルドのことが出たのは、間接的にはあの一件が原因だ。もし、オズワルドがあんなことをしなかったら、翌日妊娠を疑われたりもしなかっただろうし、エディスとあれほど突っ込んだ話もしなかっただろう。

だが。

──そもそも、なんであんなことしたのかしら……？

新たな疑問が沸《わ》いて、ローズマリーは首を傾《かし》げた。両手を拘束し、ほとんど無理矢理に近い形で行為に及んだオズワルドだったが、思い返せば彼はあの日、どこかおかしかったような気がする。

途中、なんだか泣きそうな顔で自分を見つめたオズワルドの目を思い出し、ローズマリーの背中がぞくりと痺《しび》れた。

「──まあ、仕事があったのは本当なんだ。というか、もともとこれを片付けたらゆっくり話をするつもりだった。もっとローズマリーと過ごす時間も増やせるはずだったし……。いろいろ証拠はあがってたんだけど、これという決め手がなくて、俺もちょっと焦ってた」

苦笑したオズワルドが、そう自嘲気味に話を続ける。なんだか切なくなって、肩の上の乱れた黒髪をそっと直してやると、その手をオズワルドが捕まえた。

「騎士団内の資金流用にかかわる不正の洗い出し、これが父上から俺に与えられた仕事だった。騎士団総括なんて、今まで不在で問題なかった地位に就《つ》けてな」

淡々と、オズワルドは言葉を続ける。ただ、ローズマリーの手は捕まえられたままだったし、その手をオズワルドの長い──そして、少し皮膚の硬い手が撫でている。

「アスキス公爵が首謀者だというのは、わりと早い段階でわかっていた。それで、エイブラムとアビゲイルには、かなり前からむこうに潜入してもらっていたんだ。彼女は第二の中でも事務方で、エイブラムの右腕だったから」

「あの、アビゲイルって……さっきの？」

ああ、と頷いて、オズワルドは少し笑ったようだった。

「そうか、事務方までは頭に入ってないよな。アビゲイルは、もともとは母上の近衛《このえ》だったんだが、怪我をして引退してからは第二の事務を引き受けてくれてるんだ」

「そうなの……」

なるほど、道理で立ち姿が綺麗なはずだ。きりりとした佇《たたず》まいだった金髪の騎士の姿を思い出して、ローズマリーは息をついた。

「あの二人のおかげで、かかわっている人間もすべて把握できたし、早朝から深夜まで帳簿を精査したおかげでなんとか証拠固めが終わった——ところだったたんだ」

今度こそ、くすりと笑って、オズワルドがローズマリーの手を強く引く。話の途中で油断しきっていたローズマリーは、あっさりと彼の胸の中へ飛び込む形になってしまった。

思わず身を縮めたローズマリーの髪を、オズワルドがゆっくりと梳《す》くように撫でてゆく。まるで慈しむような行為に、顔に血が上《のぼ》って熱くなってしまう。

「ちょ、ちょっと……話は、まだ」

「もう説明はしただろ……あとは」

髪の束を手に取ると、そこに唇を寄せながらオズワルドが焦《じ》れたように囁《ささや》く。赤みのある金の髪がさらりとその手のひらからこぼれて、今度は直接、つむじに唇が落とされた。

「なあ……さっきの、本気……なんだよな？」

さっきのとはなんだろう、と一瞬だけ考えて、ローズマリーの心臓がどきりと大きな音を立てた。

――そうだわ、聞かれてたんだった……！

慌ててオズワルドの腕から逃《のが》れようとするが、かえってぎゅうぎゅうに抱きしめられてしまい、逃亡に失敗する。

少しかさついた手に頬を撫でられて、その熱さが伝わってしまっていないか、気になってしまう。

ふ、と笑った吐息が耳にかかって、きゅうっと心臓が縮んだような気がした。

「な、もう一回言ってくれよ」

「え、ええっ!?」

突然のオズワルドの要求に、思わず大きな声を出してしまう。混乱して上げた顔のすぐ先で、彼の深い青の瞳がじっとローズマリーを見つめていた。

その視線が、燃えるように熱い。

――ど、どうして……

視線の熱さで焼け焦げそうだ。

ぐ、と息を呑んだローズマリーが逃げるように目を逸《そ》らそうとして、頬を撫でる手に阻《はば》まれた。

「――やっと、やっとだぞ、ローズマリー。なあ、俺がどれだけあの言葉を待っていたか、お前は知らないだろう」

真剣な面持《おもも》ちのオズワルドが、少し掠《かす》れた声で言う。その声音にうるさいほどに心臓が音を立てて、頭がくらくらとしてくる。吐く息も吸う息も熱く感じて倒れてしまいたいのに、オズワルドの腕がそれを許さない。

「オ、ズ……」

「俺が……どうしてこんなに躍起《やっき》になって、騎士団の不正なんか調べていたと思う？　なんであんなに早く、お前との結婚が成立したと思う……？」

「え、だって、それは……」

騎士団の不正を調べるのは、オズワルドの父である国王陛下の命であったはずだ。そして、結婚をしたのは――

「全部、お前が欲しかったから、と言ったら、どう思う……」

「な……」

何を言っているの、と笑い飛ばそうとしたが、オズワルドの真剣そのものの眼差しがそれを許さない。二人の声以外なんの物音もしない室内を、沈黙が支配する。

しばしののち、それを破ったのは焦《じ》れたようなオズワルドの声だった。

「父上との約束だったんだ。ローズマリーとの結婚を早めたいなら、騎士団総括の地位に就《つ》いて、早々に不正の摘発をする、というのが」

「ま、待ってよ……だって、それじゃ……」

理解が追い付かない。だって、この言い方ではまるで、オズワルドが望んで結婚したとでも言っているようではないか。

目を丸くしたローズマリーの髪に、オズワルドの手が差し入れられる。その手のひらが熱い。オズワルドの視線も熱い。

あ、と思ったときには、唇がローズマリーのそれに掠《かす》めるように触れて離れてゆく。

「――俺は、ずっと……お前が好きだった」

「え、う、う……」

「嘘、とか言うなよ」

もう一度、今度は先程よりも長く唇が重ねられる。もう何度も、それこそもっと深いものを何度も交わしたことがある。そのはずなのに、その舌の先でちろりとつつかれただけで、頭の中が煮え立ちそうだ。

「なあ、さっきの……本気だと思っていいんだろう？　もう一度、言ってくれよ」

そう囁《ささや》く熱い唇が、頬に、そして唇の端に押し当てられる。

――オズワルドが、私のことを好き……？

確かにエディスはそんなことを言っていた。だが、そんな都合の良い話があるだろうか。しかし、彼の顔が嘘をついているときのものでないことくらいは、長い付き合いだ、わかる。わかってしまう。

オズワルドの深い青の瞳が、真剣な光を浮かべているから。

その瞳に見つめられ、さっきから痛くなるほど鼓動を刻む心臓が、これ以上ないと思っていたのにまだその動悸を速くする。

――壊れちゃいそう……

どくどくと大きな音が、耳の奥でこだましている。呼吸が浅く、息を吸うのが苦しい。

――言わなきゃ、早く……

だが、口の中がからからに乾いてしまって言葉が出てこない。必死に口の中の唾液を集めて飲み込もうとするが、うまくいかず焦りが募《つの》るばかりだ。

「わ……っ」

振り絞《しぼ》るようにして出した言葉は掠《かす》れていた。だが、この機会を逃《のが》せばきっとオズワルドに素直な気持ちを伝えることはできないだろう。

――オズワルドは、ちゃんと言ってくれたのだもの……素直に、ならなきゃ。

彼の顔を見れば、嘘がないことはわかる。これまで信じてきたオズワルドの男色疑惑こそが間違いだったのだ。

頑《かたく》なな思い込みが解けて、視界が開けてゆく。

――全部、ちゃんと言わなくちゃ。

先程アスキス公爵たちの前で宣言したのとは、また別種の緊張がローズマリーを襲《おそ》った。だが、震える唇を叱咤《しった》して、なんとか開く。

「……私、ずっとあなたに酷い気持ちを抱いてたの」

ぽろ、と意図しない涙がこぼれる。オズワルドがわずかに目を見開いて、そっとこぼれた涙を拭《ぬぐ》った。

「ずっと、ずっと……私、あなたの恋が実らなければいいと思ってた」

声が震える。だが、言っておかなければならない。

「だって……私は、たとえ実らない恋でも、ずっと……オズワルドのこと、好き、だったから……っ」

「ローズマリー……や、やった……！」

ローズマリーの言葉が終わるか終わらぬかのうちに、喜色を帯《お》びた声で叫んだオズワルドが、ぎゅっと細い体を抱きしめる。オズワルドの着ている黒地の騎士服が濡れて、一段と濃い色を作った。

だが、それに構うことなく、オズワルドはしっかりと力いっぱいローズマリーを胸に抱きしめ、その赤みのある金の髪に頬を擦《こす》り付ける。

騎士服の飾りボタンが頬に当たって痛い。だが、ローズマリーは構わずオズワルドの身体に腕を回すと、こちらからもぎゅうっと抱き着いた。

「ごめんなさい、オズワルド……私、私……」

「いいんだ――やっと、お前の……」

そっと身体を離したオズワルドが何かを言いかけて、ローズマリーの顔を見るとくすりと笑う。頬をそっと撫でて「また跡、ついちゃったな」とそこに唇を落とした。

柔らかく、くすぐるような口付けをひとしきり降らせ、それがだんだんと唇に近づいてくる。あ、と思ったときには、それまでの柔らかさが嘘のように激しく、食らいつくように唇を奪われた。

熱い舌がねじ込まれるような勢いで、ローズマリーの口腔内に侵入する。乾いた口の中にオズワルドの唾液が流し込まれ、それを飲み込まされた。

舌が絡められ、余すところなく擦《こす》りあげられる。かっと身体が熱くなり、ぞくぞくとした痺《しび》れが背筋を伝《つた》った。

「っ、ん、オズ……っ」

「ん……」

翻弄《ほんろう》されている間に、しっかりと後頭部を押さえつけてローズマリーの唇を貪《むさぼ》っていたオズワルドの反対の手が、不埒《ふらち》な動きを見せ始める。背中をそっと撫でおろすと、ドレスの上から胸の膨らみに手をかけた。かと思えば、そうっと膨らみを撫でてゆく。

形を確かめるようにして触れられるだけで、ローズマリーの身体は反応してしまう。コルセットの下で胸の先端が疼《うず》いて、ローズマリーは思わずその手に身体を擦《こす》り付けた。

その反応に、オズワルドがゆっくりと口角を上げる。

「っ、は……積極的だな」

「ば、馬鹿……」

ふ、と笑ったオズワルドが、再びローズマリーの唇に吸い付く。今度はローズマリーもそれに応《こた》え、おずおずと自ら彼の舌を吸う。

器用にドレスを脱がせたオズワルドの手がコルセットの紐を引き、緩《ゆる》んだ隙間から忍び込んでも、ローズマリーはもう抵抗しなかった。

「あ、んっ……」

ゆっくりと胸の膨らみを揉みこまれ、コルセットがずり落ちる。静かに身体が倒されて、真っ白なシーツの上にローズマリーの赤みのある金の髪が広がった。

それを見て、オズワルドがため息を漏《も》らす。

「綺麗だな……」

「なっ……!?」

感に堪《た》えない、といった口調でこぼれたオズワルドの言葉に、ローズマリーの顔が一気に熱くなった。思わず顔を隠そうとした腕を、オズワルドに阻《はば》まれる。

「ずっと、言いたかったんだ……お前は綺麗だし、かわいくて……愛しい」

ちゅ、と頬に落とされた唇が、その場所をどんどん下げてゆく。首筋に、そして胸元に触れた唇から舌が覗いて、なだらかな膨らみを舐《な》めあげた。

「あ、あっ……」

片方を舌で舐《な》めながら、もう片方を手でゆっくりと撫でる。そうしたかと思えば今度は柔らかく歯を立てたり形が変わるほどに揉み込んだりしている。

オズワルドに触れられた場所から、まるで彼の熱が伝《つた》わってくるかのように身体がどんどん熱くなってゆく。腹の奥から何かが染み出るように湧き上がり、ローズマリーは切ない吐息をこぼした。

それでも触れられていない先端が、じくじくと疼《うず》く。

ん、と身体を揺らしたローズマリーを見て、オズワルドが口角をあげた。

「敏感だなあ……お前、ここを触られるの好きだろ」

「……っ」

淫《みだ》らな欲求を言い当てられて、思わず息を呑み込む。恥ずかしくて顔を背《そむ》けようとした瞬間、オズワルドの指が尖《とが》った乳嘴を撫でた。

「ん、んんっ……あ、ああ、あ……ッ」

「かわいい」

両方の指で巧《たく》みに先端を撫でられ、摘《つ》ままれる。びりびりとした快感が駆け抜け、身体が跳ねた。目の前がチカチカする。硬い指先が頂《いただき》に引っかけられ、離されるとぷるんと乳嘴が揺れる。まるで面白いおもちゃでも見つけたように、オズワルドは何度もそれを繰り返し、そのたびにローズマリーの唇からはあられもない嬌声《きょうせい》がこぼれた。

「ローズマリー、すごい……ここ、こんなに膨らんで、色も濃くなって……すごく綺麗だ」

「そ、そんなとこ……っ」

褒められても嬉しくない。そう続けようとしたローズマリーはひゅっと息を呑んだ。先程まで指先に弄《もてあそ》ばれていた先端を、ぬるりとした感触が這《は》う。ゆっくりと舐《な》めたかと思うと、ちゅうっと吸い付いたオズワルドの舌先が、膨らんだ乳嘴の先をくりくりと押し潰した。もう片方は指で摘まれ、舌の動きをなぞるように先端をカリカリと引っかかれる。

両方を一度に刺激され、ローズマリーは頭を振って快感に悶《もだ》えた。頭の奥がしびれて、目の前が白くなっていく。

「あ、あ、いや、あっ……」

「いや？」

もう少しで果てへと到達する——その目前で、ちゅぱ、と音を立てて唇を離したオズワルドが、そう問いかけた。悦楽ににじんだ涙をそっと拭《ぬぐ》われて、ローズマリーは言葉に詰まる。

「いやならしない……今日はローズマリーの嫌なことはしないから」

「なっ……」

もう少しで達するところだった身体は、刺激を求めて疼《うず》いている。だが、律儀にもオズワルドはローズマリーの返答を待っているようだった。

あと一歩の快感を求めて、身体の中で何かが渦を巻いている。ゆっくりと身体を撫でさするだけのオズワルドの手では物足りない。時折悪戯《いたずら》に脇の下を、臍《へそ》を、胸の際をくすぐられ、身体はじりじりと炎に炙《あぶ》られ続けている。

「……て」

「ん？」

とうとうこらえ切れなくなって、ローズマリーはか細く呟いた。だが、ゆっくりと身体を撫でまわし、その曲線を愉《たの》しんでいたオズワルドの耳には届かなかったようだ。

顔をローズマリーの方へ寄せると、ざらついた騎士服の繊維が擦《す》れてむず痒《がゆ》い。だが、それすらも今のローズマリーにとっては自分を追い詰める要因の一つでしかなかった。

「も、もっと……さわって、って言ったの……！」

「どこを？」

わかっているだろうに、余裕の表情でそう問うてくるオズワルドが憎たらしい。きゅっと唇を噛みしめて、涙の浮かんだ目で彼を睨《にら》みつける。くす、と苦笑を漏《も》らしたオズワルドが「ごめん」と一言呟くと、柔らかく頬を撫でた。

「ちょっと嬉しすぎて、調子に乗っちゃったな。かわいくて、つい苛《いじ》めたくなる……」

ちゅ、と目元に、そして唇に軽く触れるだけの口付けを落として、オズワルドはローズマリーの胸の膨らみに手を這《は》わせた。熱いてのひらがゆっくりと揉み込みながら、先端を押し潰してくる。

ひっ、と引きつったような声がローズマリーの口から洩《も》れた。充血してぷっくりと腫《は》れた頂《いただき》が、待ちわびた刺激を受けて身体にしびれるような快感を運んでくる。

「あ、あっ、オズワルド、あ、きもちいい……ッ」

「……っ、ローズマリー、お前……っ」

我を忘れたかのように、オズワルドの愛撫が激しくなる。あちこちに落とされる唇が、じゅっと吸い付いてはちくりとした痛みを与え、その間にも胸を嬲《なぶ》る手は休むことがない。くりくりと摘《つ》まみ、カリカリと引《ひ》っ掻《か》いては、ざらりとした指先が撫でる。

そのたびに、ローズマリーの身体は震え、唇からは喘《あえ》ぎ声が漏《も》れるだけだ。

やがて、オズワルドの唇が乳嘴を捕らえ、先程とは反対の頂《いただき》を口に含む。吸い上げられ、歯を立てられた瞬間、ローズマリーの霞《かす》んだ視界に火花が散った。

「う、あ、ああ……ッ！」

突き抜けるような快感が走ったかと思うと、身体がふわりと宙に投げ出されたような、そんな感覚がローズマリーを襲《おそ》う。まだ触れられていない——それどころか、いまだにドロワーズを着けたままの下肢がきゅうっと疼《うず》いて、中からじゅんっと蜜がこぼれるのがわかる。

がくがくと身体が揺れ、ローズマリーは必死にオズワルドの黒い騎士服に縋《すが》りついた。

その様子に、ふ、とオズワルドが笑うのを感じる。

「ん、イった……？　すごく気持ちよさそうな顔、俺、その表情を見るの好きだ」

「ん、な……んんっ」

あまりの言葉に、思わず言い返そうとしたローズマリーだったが、声がかすれて言葉にならない。んっ、と咳ばらいをするローズマリーをにやにやしながら見つめたオズワルドは、ふと気付いたように寝台から離れた。そして、邪魔くさそうに上着を脱ぎ捨てながら、近くにあった机の上に手を伸ばす。

そこから水差しを手に取ると、グラスに注ぎ、襟元を緩《ゆる》めながら寝台へと戻ってきた。

「ほら、飲めるか」

「う……」

グラスを差し出され、ローズマリーが手を伸ばす。しかし、その手は震えており、力がほとんど入っていない。

それに気付いたオズワルドは、ふと笑うとグラスを遠ざける。それどころか、非難の眼差しを向けるローズマリーの目の前でそのグラスに口をつけた。

「ちょ、う、んんん……ッ!?」

伸ばしていた腕を取られ、ぐいと身体を引き起こされたローズマリーの唇に、オズワルドの唇が重ねられる。わずかに開いていた隙間から、少しぬるくなった水が流し込まれ、ローズマリーは溢《あふ》れそうなそれを慌てて飲み込んだ。

「ぷあ、な、ん、んっ」

一度離れた唇が、再び水を含んで重ねられ、乾いた口腔内に充分な潤いが戻ってくる。それにひと心地つく間もなく、今度はオズワルドの舌がローズマリーの口の中へと潜り込んできた。

歯列をなぞり、上顎《うわあご》をくすぐるように舐《な》めた舌が、ローズマリーの舌の付け根を捕らえ、誘い出してゆく。彼の口の中へと招き入れられた舌の先を軽く噛まれ、ローズマリーはぴくりと身体を震わせた。

その間にもオズワルドの器用な舌は、ローズマリーの小さな舌に絡み、淫《みだ》らな水音をあたりに響かせている。

いつの間に脱いだのか、オズワルドのシャツは寝台の上に放り投げられている。抱き寄せられた胸がオズワルドの素肌に擦《す》れ、再びじくじくとした甘い感覚がローズマリーを支配し始めていた。

長く、執拗に口付けながら、オズワルドの指がドロワーズの中へと侵入してくる。ふわふわとした和毛《にこげ》をかき分け、彼の少し硬い指先がするりとその奥を撫でさすった。

「ふぁ、ん、んん……ッ」

その指に媚肉が広げられ、にちゃ、と粘着質な音が耳に届く。顔を真っ赤にしたローズマリーは抗議の声をあげようともがくが、オズワルドがその抵抗をあっさりと封じ込めた。

それどころか、口腔内を蹂躙《じゅうりん》する舌の動きが激しくなり、それと同時に蜜口まで到達した指が、入口を浅くかき回す。

くちくちと浅瀬で遊んでいた指が、ぬる、と中へと挿《さ》し込まれ、何かを探すようにうごめき始める。

「あ、あっ、ああっ、や、あ……そ、そこッ……！」

「ん、そうそう、ココね……」

浅いところにある感じやすい部分を指で擦《こす》られ、ローズマリーは背中をのけぞらせ嬌声《きょうせい》を上げた。

にやりと笑ったオズワルドが、ここぞとばかりに同じ場所を何度も刺激する。それと同時に、敏感な粒をくにくにと捏《こ》ねられて、ローズマリーは髪を振り乱して喘《あえ》いだ。

にや、と笑ったオズワルドは、ローズマリーを寝台に横たえるとその背後から手を回し、ローズマリーの敏感な場所ばかりを責め立てる。

耳朶を甘く噛まれ、胸の頂《いただき》を摘《つ》ままれる。かと思えば、花芽をぬちゅぬちゅと捏《こ》ねられ、中に挿《さ》し込まれた指が感じやすい場所を狙って擦《こす》りあげられる。

「あ、や、やなの……！　ね、オズ、あ、あ、や、やぁ……」

涙がぽろぽろとこぼれ落ち、髪を振り乱して真っ赤な顔で喘《あえ》ぐ姿を、オズワルドの深い青の瞳がじっと見ている。その視線から感じる強い情欲が、さらにローズマリーを煽《あお》り立て、快感をより強く感じさせていた。

「はあ……ローズマリー、ほんとかわいい……」

「馬鹿ぁ……や、やってぇ……ッ」

もはや呂律も回らず、快楽に翻弄《ほんろう》されるローズマリーを見つめて、オズワルドが呟く。首を振りながら必死に逃《のが》れようとするローズマリーを、オズワルドの腕が引き寄せた。お尻の辺《あた》りに、布越しに熱く硬いものの存在を感じて、また腹の奥がきゅうっと疼《うず》く。とろりと新たな蜜がこぼれるのがはっきりとわかって、ローズマリーは身悶《みもだ》えした。

「わかる？　もう早くローズマリーの中に入りたいって」

「な、にいって、ん、んんっ」

オズワルドが耳元で囁《ささや》きながら腰を擦《こす》り付けたかと思うと、中に入っていた指が奥へにゅるりと進められる。いつの間にか増やされていた指に中が擦《す》れて、ローズマリーの口から再び甘い嬌声《きょうせい》がこぼれた。

にちゅ、にちゅ、と淫《みだ》らな音を立てて指が抜き差しされる。

「こうやって……ローズマリーの中に……早く入りたいって……ね、だからこんなに熱くなってるの、わかるだろ……？」

はあ、と熱い吐息とともに、オズワルドが囁《ささや》く。じゅぷじゅぷと激しい音を立てて抽送《ちゅうそう》を繰り返す指を、蜜洞がきゅうきゅうと締《し》め上げて、指の形まではっきりとわかってしまうような気さえする。

「お、オズワルドぉ……」

それでも、決定的にあと少し、足りない。先程一度上り詰めた身体は、オズワルドの愛撫に燃えて、再び果てを欲している。だというのに、あと一歩、手の届くところまで来ているのに――

「ね、欲しいって言って……ローズマリー」

「え……？」

指を引き抜いてローズマリーを仰向けにすると、オズワルドは正面から覆いかぶさってきた。見せつけるようにゆっくりとズボンの前建てを寛げると、今度は下穿きと一緒に一気にそれを脱ぎ去ってしまう。

ふるりと飛び出た屹立は猛々しく反り返り、先端から透明な雫をこぼしていた。思わず息を呑んだローズマリーににっこりと微笑みかけ、オズワルドが手を取ってそれに触れさせる。

途端にその熱い杭がびくりと震え、またその大きさを増したように見えた。

「は、ほら……もう待ちきれないんだ……ね、ローズマリー、大好きなきみの中に、これを……」

荒い息を吐きながら、オズワルドがその先端をローズマリーの蜜口にあてがう。ぬるぬると擦《こす》り付けられ、それが花芽を掠《かす》めると、ローズマリーの身体にも疼《うず》きと痺《しび》れが走った。

――欲しい。オズワルドと、早く一つになりたい……

身体はもちろん、心がそれを欲している。愛する人と――そして、自分を愛してくれている人と一つになりたい。

ごく、とつばを呑み込んで、ローズマリーはこくりと頷いた。

「来て、オズワルド――私も、あなたが好きよ」

「ローズ……っ！」

呻《うめ》くようにそう呼ぶと、オズワルドは一気にローズマリーの中へと熱杭を埋め込んだ。箍《たが》が外れたように激しく抽送《ちゅうそう》を繰り返し、合間にローズマリーの名を呼び続ける。ばちゅんばちゅん、と肌のぶつかる音が寝室の中に響き渡る。

力強い腕にしっかりと腰を押さえ込まれたローズマリーは、揺さぶられるがまま、その激情を受け止めた。

目の前がチカチカする。ゴリゴリと中のいいところを刺激されて、脳天まで突き抜けるような快感がローズマリーを支配する。

「あ、あっ、オズ、オズ……っ」

「ローズマリー、好き、好きだ……愛してる……っ」

私も、と応《こた》えようとした声は、オズワルドに届いただろうか。

熱い飛沫を胎《はら》の奥に感じながら、ローズマリーの意識は白く霞《かす》んでいった。


ふ、と意識が浮上する。ここはどこか、と一瞬考えてから、ローズマリーは意識を失う直前までのことを思い出して頬を赤らめた。

肌触りのいい上掛けに包まれた自分の身体は、事後にしてはベタつきもなくさっぱりとしている。これまでもそうだったが、オズワルドが綺麗にしてくれたのだろう。

改めて、そこまでしてくれるオズワルドはとても自分を大切に思ってくれているのだ、と感じる。

緩《ゆる》む頬を押さえながらふと周囲を見回して、ローズマリーはそのオズワルドの姿がないことに気が付いた。

──オズワルド……？

窓の外、カーテンの隙間から見える空は茜色をしている。寝室に入ったのは、昼を少し過ぎた辺《あた》りだったはずだ。だとすると、相当時間が経っていることになる。

慌てて起き上がり、立ち上がろうとしたローズマリーだったが、足に力が入らない。くにゃ、とへたり込むようにして床に座り込んでしまう。

「ええ……？」

困惑に思わず声がこぼれる。

──ま、まあ無理もないかも……

結局あれから二度ほど、オズワルドが満足するまで挑まれて、疲労困憊で気絶するように眠りについたのだ。その割には短時間で起きたようではあるが、身体の方は回復していなかったらしい。

ふう、とため息をついたところで、寝室の扉がガチャリと音を立てて開いた。

「あ……ど、どうした？　ローズマリー、大丈夫か……？」

床にへたり込んだローズマリーを見て、顔を覗かせたオズワルドが慌てたように近づいてくる。その腕に軽々と抱えあげられて、ローズマリーは再び寝台の上に戻された。

「あ……ありがとう、大丈夫。ちょっと足が立たなくて……」

「ああ……ちょっと無理させたか、悪い……」

オズワルドはそう口にしながら、きまり悪そうに頬を掻《か》いた。少し頬を赤くして眉を下げたその表情に、幼い頃の面影が見え、思わずくすりと笑ってしまう。

そんなローズマリーを見て、オズワルドは少し唇を尖《とが》らせながらも、ほっとした表情を浮かべた。だが、それも一瞬。不意ににやりと笑ったオズワルドが、ローズマリーの姿をじろじろと眺めてくる。

そこでようやく、ローズマリーは今自分が薄い下着姿のままだということに気が付いた。対するオズワルドは、黒い騎士服をきっちりと着こんでいる。

「そっ……そういえば、オズワルド……制服なんか着て、どうしたの……？　まさか、あれからまたお仕事に……？」

「ん？　ああ……さすがにあの場の始末を全部エイブラムにまかせっきりにもできないし……。父上に報告も必要だったしな」

気のせいだろうか、オズワルドの視線はローズマリーからまったく外れない。誤魔化すように話題を変えようとしたが、それでもなお、オズワルドの深い青をした瞳はほのかに熱をもってローズマリーを見つめている。

――え、いや、まさかでしょ……？

ローズマリーの感覚からすれば、まさに「さっきしたばかり」なのだけれど、まさか、まだする気なのだろうか。思わずじわじわと後退しようとしたローズマリーのシュミーズの裾《すそ》を、オズワルドが押さえつけた。

「何逃げてんだよ」

「に、逃げたわけじゃ、ない……」

――嘘です、ちょっと逃げようとしました。

思わず心の中で敬語で呟いて、ローズマリーはおそるおそるオズワルドの顔を見上げた。すると、彼は騎士服の上着を器用に片手で脱ぎ捨てて、ローズマリーの隣に腰を下ろす。

そのまま流れるように自然な仕草で、ローズマリーの唇に口付けを落とした。

「……ただいま」

「あ……お、おかえりなさい……」

どうやら、挨拶のタイミングをはかっていただけだったらしい。自分の勘違いが恥ずかしくなって俯《うつむ》き加減になった目元と、そして前髪の上から額に口付けられて、ローズマリーはくすぐったさに身を捩った。

「ん、くすぐったい……」

「いいだろ……やっとローズマリーが俺を見てくれるようになったんだ……」

オズワルドの手が腰にまわる。広い胸元に抱きしめられて、暖かな体温がローズマリーを包み込んだ。

その感触に、どこかほっとする。

「ずっとさ……ローズマリーは俺の周囲にばかり目を向けて、俺のことはまったく眼中《がんちゅう》になかっただろう。それがずっと、悔しかった。どうしたら見てもらえるのか、そればっかり考えてた」

「お、オズワルド……？」

大きな手が、ローズマリーの髪を梳《す》いていく。その手つきの優しさが、まるで大切なものを愛でているかのように感じられて、なんだか照れくさい。

「だからさ、ローズマリーが俺を好きって言ってくれて……ほんと、死にそうなほど嬉しかった」

「そ、それを言うなら私だって……」

赤くなった頬を隠すように、オズワルドの胸に顔を埋め、その身体にぎゅうっと抱き着く。かすかに動揺したような気配がして、一瞬オズワルドの手が止まった。が、ぽん、と頭に乗せられた手の感触がして、再びローズマリーの髪をゆっくりと梳《す》いていく。

「ほ、ほんとはね……私、小さい頃からずっとオズワルドのこと、好きだった。けど、オズワルドはそうじゃないって思ってたから……だから……」

「そっか」

くすりと頭の上で軽く笑う気配がして、オズワルドはローズマリーを引き剥がし、その顔を覗き込んでくる。頤《おとがい》に手をかけられて、上を向かされたローズマリーの瞳はじんわりと潤み、頬は真っ赤に染まっている。

「お互い、素直じゃなかったな……」

「うん……」

自然と瞼《まぶた》が下りて、唇に柔らかな感触が落ちてくる。それを受け止めながら、ローズマリーはそっと囁《ささや》いた。

「好き……大好き……愛してる……」

俺も愛してる、という声はおそらく幻聴ではなかっただろう。だが、すぐに与えられた痺《しび》れるような快楽に、ローズマリーの意識は溺れ、溶けていった。

エピローグ

ようやく咲き始めたばかりの真っ赤な薔薇が、まぶしい陽《ひ》の光を受けて誇らしげに揺らめいている。目を細めてその庭を眺めながら、ローズマリーは手にしたカップに口をつけた。

夫であるオズワルドは、今日はラフな恰好で花壇に向かいしゃがみ込んでいる。花の様子を見たり、葉におかしなところがないかを確認したりとせわしない。

その姿を見つめ、ローズマリーはにっこりと微笑んだ。

実に平和な光景だ。

アスキス公爵以下、騎士団で不正にかかわっていた人間の数は、やはり期間が長いこともあり、かなりの数に上《のぼ》った。そのすべてに処罰を下すのに、約半年。

それにかかわる業務全般を押し付けられた――と本人は憤慨していた――オズワルドは、しばらくの間、目の回るような忙しさであった。

だが、それもようやく終わりを迎え、最近では週に二回は休みの日を取れるようになっている。

お陰でようやく薔薇の手入れに使う時間ができた、とオズワルドは毎日必ず庭の様子を見に行く。

ローズマリーも、時折こうして庭に用意されたガーデンテーブルでお茶を飲みながら、そんなオズワルドとののんびりした時間を過ごすことが増えていた。

「この辺、綺麗に咲いたな……少し切って、寝室にでも飾ろうか」

「あの真っ赤な部屋に？　というか、オズワルドって赤が好きなの？」

振り返って汗を拭《ぬぐ》いながらオズワルドが発した言葉に、くすりと笑ったローズマリーがそう返す。

するとオズワルドは妙な表情を浮かべた。

「いや……お前、覚えてないのか？」

「え、何……？」

首を傾《かし》げたローズマリーを尻目に、オズワルドは腰に挿《さ》していた鋏《はさみ》を器用に操って、あっという間に薔薇の花束を作り上げる。細い紐で括《くく》ったそれを持つと、四方八方からそれを眺めたあと、ようやく満足したように頷いてローズマリーの元へと戻ってきた。

ふわり、とかぐわしい芳香があたりに漂う。

咲いたばかりの瑞々《みずみず》しい薔薇は、香りばかりでなくその姿も美しい。綺麗ね、と呟くと、オズワルドは口の中で何やらもごもごと呟いた。

「何？」

「……お前が、言っただろ……」

少し不貞腐れた顔をしたオズワルドが、その花束をローズマリーに差し出した。それを受け取って、首を傾《かし》げる。

――私が、何か言ったかしら……？

少なくとも、薔薇に関して何か言った覚えはない。赤、赤……と胸中で繰り返し呟いて、ローズマリーは「あ」と口元を押さえた。

「やだ、オズワルド……そんなこと覚えてたの？」

「ローズマリーのことで忘れてることなんか何もないと思う」

さらりと言ってのけるオズワルドに、ローズマリーの頬が熱を帯《お》びる。もう、と誤魔化すようにもう一度カップを傾けて、赤くなっている顔を彼の視線から隠す。

オズワルドが言っているのは、おそらく子どもの頃に一緒に読んだ少女向けの絵本のことだろう。三人の姫君と、彼女たちに与えられた三つの色の部屋の話だ。

詳細は忘れてしまったが、確かにローズマリーは、赤青黄、三色の部屋の中から「赤の部屋がいい」と言ったのを覚えている。両親にもかなり駄々をこねて、赤い部屋にしてほしいと強請《ねだ》ったところまでは覚えているが、そのあとどうしたのかは記憶にない。

実際に真っ赤な部屋で生活した記憶はないので、まあ却下されたのだろう。そして、きっとそれをオズワルドにも話したに違いない。

——じゃあ、あの部屋は私の夢を叶えようとして用意してくれたってこと？

淫靡《いんび》さの漂う寝室の光景を思い浮かべて、ローズマリーは苦笑した。少女の夢を叶えたにしては、少々大人の空気が漂いすぎる部屋だ。

確かに、子どもらしさとは無縁な気がする。両親が頷かなかったのも仕方のないことだろう。

そんなことを思いながら、向かいに座ったオズワルドの顔をちらりと見ると、彼はにやにやとした笑みを浮かべていた。

「……忘れてることなんかない、って言ったわね？」

少し意地悪な気分になって、ローズマリーはオズワルドに挑戦的な視線を向けた。自信ありげに頷く彼に向かい、ずっと気になっていたことを聞いてみることにする。

「子どもの頃、私が初めてあなたに泣かされたときのこと――」

「お、おい、あれは……」

どうやらそれも覚えているらしい。にわかに慌てだしたオズワルドに構わず、ローズマリーはその先を続けることにした。

「あのとき、どうして私とは結婚したくない、って言ったの？」

「結婚したくない、とは言ってない」

「同じようなものじゃない」

唇を尖《とが》らせてそう追及すると、オズワルドはきまり悪げな表情を浮かべ、誤魔化すように目の前のカップを手に取った。だが、席に着いたときにすでに飲み干していたらしい。空《から》のカップを諦めてソーサーに戻すと、今度は目についたクッキーに手を伸ばす。

「オズワルド？」

「……ったく、変なことばっかり覚えてるな」

観念したように目を閉じると、オズワルドは仕方なさそうに話し始めた。

「そもそも、なんでそんな話になったかは覚えてるか？」

「え？　うーん、覚えてないわ……」

あのあたりの記憶は少し曖昧《あいまい》なのだ。ローズマリーが素直にそう口にすると、オズワルドははあ、と大きなため息をつく。

「あの頃、兄上には婚約の話がちらほら出始めていて、何人かその相手に会ったりしていたんだ。あの日もちょうど誰かと会う予定になっていて――それで、俺だけがローズマリーの相手をしてた」

――そうだった。それで、あの場にはクラレンスも、彼の付き人の兄もいなかったのだ。

おぼろげだった記憶が、だんだんはっきりしてくる。

「それで、なんで兄上が今日はいないのか、ってお前が聞いてきた。その……あの頃、お前は兄上のことが好きだっただろ？　だから、諦めさせるいい機会だと思って、正直に婚約するかもしれない相手と会ってる、って教えたんだ」

そう、確かにそんな話を聞いた。それで、ローズマリーは考えたのだ。

結婚をするなら好きな人とするはずだ。だから、クラレンスは好きな人と会っているのだろう、と。

そのとき、ローズマリーは単純にクラレンスをうらやましく思った。好きな相手と結婚の約束をする、ということが。だから、馬鹿正直にこう言ったのだ。

「……私も、婚約したい……って言ったわ……」

「そう。それで俺、ローズマリーは兄上と婚約したいのかと思って、それで、つい……」

そこまで言って、オズワルドは大きく息を吐いた。耳が赤くなっているところを見ると、この話をするのが恥ずかしかったことがわかる。

その顔を見つめて、ローズマリーはくすくすと笑った。

「ほんと、この思い込みの激しさと素直じゃないところと言葉足らずなところ……私たち結構似た者同士だったのね」

「ああ、まったくな」

ひょいと肩をすくめて、オズワルドは頬杖をついた。その視線が今度は、庭の薔薇に向けられる。少しだけ唇を尖《とが》らせたその表情は、すっかり大きくなり頼りがいのある男性に成長した今も、やはり幼い頃の面影を残していた。

その横顔に向かって、ローズマリーは囁《ささや》いた。

「そう……この子は、素直になんでも話す子になってくれるといいわね、私たちに似ないで」

「……は!?」

ローズマリーの言葉に慌てたオズワルドが、こちらに向き直ろうとして足を滑らせ、椅子から転げ落ちる。

その姿に声をあげて笑いながら、ローズマリーはまだ平らなお腹《なか》をそうっと撫でた。

「三か月ですって」

「ほ、ほんとに……!? や、やった、ローズマリー、すごい、ほんとに?」

満面の笑みを浮かべたオズワルドが、立ち上がるや否やローズマリーの前に跪《ひざまず》き、腹を撫でる彼女の手を見つめている。その手を取って、撫でていた腹にそっと触れさせながら、ローズマリーは囁《ささや》いた。

「今度は子ども部屋の内装を考えなくちゃね、お父さま」

番外編　再び疑惑の王子様

第一話　王太子の告白

様子を見に来た兄、ブラッドリーにそう声をかけられて、ローズマリーは大きなお腹《なか》を撫でながらにっこりと微笑んだ。
「どうだ、調子は」

医師からは、もういつ産まれてもおかしくないと言われている。だというのに、一向にその兆候が現れず、オズワルドを始め両親や兄は随分と心配していた。

だが、ローズマリーには妙な確信があった。きっとこの子は無事に産まれてくる。だって、オズワルドがあんなに張り切って用意した子ども部屋が待っているのだ。部屋を見せてもらった日、中から随分と激しくお腹《なか》を蹴られたので、きっと気に入ったのだと思う。

その子ども部屋の内装については、まあひと悶着《もんちゃく》あったりもしたけれど、おおむねローズマリーも納得のいく仕上がりになっていた。

――早く見せてあげたいわ。

きっとオズワルドも、その日を心待ちにしているはずだ。

「楽しみねえ」

にこにこと笑いながらそうお腹《なか》に向かって語りかけるローズマリーを見て、ブラッドリーは肩をすくめた。その顔には、どこか呆《あき》れに似た表情が浮かんでいる。

「楽観的だなぁ、お前は」

「あら、みんな騒ぎすぎよ……エディスが言ってたわ、一人目ってなかなか産まれてこないって」

心配性な周囲とは裏腹に、本人は至って呑気《のんき》なものだ。

そう言ってカラカラと笑うと、ローズマリーはカップに注《そそ》がれたハーブティーに口をつけた。王城の薬師が調合したもので、妊婦に良いとされているものだ。特に安産に効能があるということで、オズワルドがわざわざ調べて頼んでくれた。

ローズマリーが妊娠してから、オズワルドは随分と妊娠、出産、そして育児について調べてくれている。王城内の書庫に通いつめ、三日とあけず新たな本を探してきては以前に読んだ本との違いに頭を悩ませていた。その内容について、医師や薬師に質問をしている場面を何度も目にしている。

さらには、お腹《なか》が膨らんできた頃こそ恐る恐るといった態《てい》だったが、今では毎晩のようにローズマリーのお腹《なか》を撫でながら「早く出て来い、待ってるぞ」と声をかけたりするようにもなった。

——幸せだなあ……

うっとりとしながら、ローズマリーはゆっくりお腹《なか》を撫でた。こうしていると、不思議ととてつもない幸福感に包み込まれるのだ。

ぽこん、とそれに応《こた》えるように胎動が起きる。ふふ、と唇に自然と笑みが浮かんだ。

そんなローズマリーを眺めて、ブラッドリーはふうっと大きなため息を漏《も》らした。

「……どうかした？」

「ああ、いや……」

一瞬逡巡《しゅんじゅん》したブラッドリーだったが、ローズマリーの視線に誤魔化せないと感じたのだろう。口元に苦笑を浮かべると、テーブルの上のカップに手を伸ばす。

それを一口飲んで唇を湿《しめ》らせると、投げやりな口調でこう言った。

「最近、またクラレンス殿下の結婚話が浮上していてな」

「またですか」

ローズマリーは肩をすくめた。オズワルドとローズマリーが結婚した際に、クラレンスにも妃を、という声があがっていた。だが、当時のクラレンスは多忙を理由に「婚約者候補と会っている時間もない」と保留の姿勢を貫《つらぬ》いていたという。

しかし、ローズマリーの妊娠が公表されたことにより再燃しているのだそうだ。

「ま、弟に全部先を越されてるんですものね」

「まったく、オズワルド殿下ももう少し待ってくれれば良かったんだ」

「あは……」

ため息をつくブラッドリーに、ローズマリーが渇《かわ》いた笑いを漏《も》らす。そんなローズマリーをじろりとにらむと、ブラッドリーはさらに話を続けた。

「まあ、オズワルド殿下が結婚して公務を一部負担してくださるようになったから、今のクラレンス殿下は、実はそれほどご多忙が過ぎる――という状態ではない」

兆だ。


「そうなの？」

ああ、と頷いたブラッドリーが、背もたれに身体を預けて腕を組む。これは、話が長くなる前兆だ。

そう気付いたローズマリーは、横にあったクッションの位置を置きなおし、楽な姿勢を取った。

「もともと、幼少期にクラレンス殿下に婚約者を、という話はあったんだ」

「ああ……そういえば、オズワルドも言ってたわね」

初めての大げんかの原因でもある。ローズマリーがくすりと笑うと、ブラッドリーは不機嫌そうにそんな妹に視線を投げかけた。

「あの頃はまだ、まあ候補の候補……みたいなもんだった。何せ、会うと言っても相手はあの頃のお前と同じか……もう少し下の年齢だ。まだ何もわからないような子どもばっかりだったわけだ」

「……なんで私は候補にならなかったの？」

「なりたかったのか？」

問い返されて、ローズマリーは肩をすくめた。別になりたかったわけではないが、微妙な不自然さを感じたのだ。だが、それには明確な答えをブラッドリーが返してくれた。

「当時、すでに俺がクラレンス殿下の側近候補としてお側にいたからな。同じ家から側近と妃と、両方出してはバランスが悪い、と父上は判断したようだ。もともと、権勢欲のあるタイプじゃないしな」

「なるほど……」

「まあ、お前が第二王子妃になるのは想定外だったが」

「私も想定外でしたけど」

二人で同じことを言って、笑い合う。まあでも、とブラッドリーはその先を続けた。

「父上は、お前とオズワルド殿下がそうなってもいいなあ、と当時は考えてらしたようだけどな。何せ、お前と殿下は仲が良かったから」

「……良かったのかしら」

「傍目《はため》にはそう映ってたってことだ」

今度はブラッドリーが笑い声をあげ、ローズマリーは憮然《ぶぜん》とした顔つきになる。

「それより、最近の話よ。クラレンス殿下はどう仰《おっしゃ》ってるの」

「それがなあ……どうも最近の殿下は、婚約者選び自体に乗り気じゃないらしい」

ブラッドリーの眉間にしわが寄った。どうやら、兄にとってそれはあまり嬉しくない事態のようだ。

——それもそうよねぇ……

ブラッドリーはクラレンスが結婚するまでは自分も結婚しないつもりなのだ。なんでも、クラレンスの側近になったときにそう誓いを立てたのだとか。もちろん、自分一人で、勝手にだ。

それくらい、ブラッドリーはクラレンスに心酔している。

——そのくせ、ちゃっかりお目当ての令嬢を捕まえて婚約はしてるのよね。

お相手は、ローズマリーより二つ年下だ。そろそろ結婚の話を進めたいのは向こうも同じだろう。

ふう、と小さな息を漏《も》らして、ローズマリーは天井を見上げた。

言葉が途切れ、二人そろってお茶に口をつけたところで、がちゃりと扉の開く音がする。視線を向けると、ちょうどオズワルドが手に数冊の本を抱えて戻ってきたところだった。

「また本を借りてきたの、オズワルド」

「ん、ああ……司書官が入手してくれたんだ」

最近すっかり顔なじみになったという書庫の司書官の話は、ローズマリーも聞いていた。確か、ナサニエル・ガーランドとかいう若い青年で、伯爵家の長男だったはずだ。

伯爵家の人間ともなればそれなりにもっといい職があったはずだが、なんでもあまり身体が強くないとかで、書庫で司書官を務《つと》めているとのことだった。

「オズワルド殿下、お邪魔しております」

「ああ、ブラッドリー、来てくれていたんだな。ありがとう」

ブラッドリーに声をかけられて、オズワルドは机の上に本を置くと、ローズマリーの隣に腰かける。お腹《なか》を撫でて挨拶をするのは、もはや恒例行事だ。

「ただいま」

「おかえりなさい」

さすがに兄の手前遠慮したのか、ただいまの口付けは軽く頬に触れただけだ。手を洗ってくる、と再び立ち上がったオズワルドと同時にブラッドリーも立ち上がる。

「少々長居してしまいました。私はこれで失礼します」

「もうお帰りになるの？」

時計を見ると、すでにブラッドリーが来てから一時間を超えていた。最近は忙しくないとは言っていたが、それでも戻らなければ仕事に差し支えるのだろう。

「また来るから」

そう言って、ブラッドリーは軽く手を振ると、部屋をあとにした。


異変が起きたのは、その翌日、早朝のことである。

お腹《なか》の痛みがだんだん強くなり、青い顔をして唸《うな》るローズマリーに慌てたオズワルドが医師を叩き起こす。診察に来た医師は陣痛が来ていると判断し、素早く出産の準備が整えられた。

「ロ、ローズマリー……、しっかりしろ」

「ん、だいじょうぶ、だから」

おろおろと青い顔でうろつくオズワルドが部屋から蹴りだされていくのを横目に見ながら、ローズマリーは必死に陣痛と戦っていた。

出産のときに男は役に立たない――。そう言っていたのは誰だっただろうか。

――多分、お義母《かあ》さまのサロンにいらしていたご夫人のどなたかね……。

とりとめもないことばかりが頭に浮かんでくる。

なかば朦朧《もうろう》とする意識と戦い、規則的に襲《おそ》い来る痛みと戦う。結局、子どもが産まれたのは、陣痛が始まって丸一日後のことだった。

丸々とした男児である。

「ローズマリー、ほら……頑張ったな、ありがとう……」

涙ぐみながらそう言って手を握るオズワルドは、どうやら仕事を放り出して一日中部屋の外で待っていたらしい。どこかよれた雰囲気の彼になんとか微笑み返して、ローズマリーはようやく安堵の息をついた。じわじわと実感がわいて、目尻に涙が浮かんでくる。

――良かった、無事に産まれてくれて。

さあ、と産婆《さんば》がオズワルドに赤ん坊を抱かせた。抱き方を本で学んでいたものの、実際の赤ん坊に触れるのが初めてのオズワルドはへっぴり腰で、でもその視線も、笑顔も慈しみに溢《あふ》れている。

その二人の姿を見つめながら、ローズマリーはひっそりと思った。

――そっくり。

まだ産毛しか生えていないせいで髪の色は判《わか》らない。だが、しっかりと開いた目はオズワルドと同じ深い青の色をしているし、なんといっても面立ちが似ている。

ぷ、と噴《ふ》き出したローズマリーにオズワルドが怪訝《けげん》な表情を浮かべたが、ローズマリーはそんな彼と赤ん坊を見比べて、今度は大きな笑い声をあげた。

「そっくりだな」

「そっくりですね……なんかこう、執念めいたものを感じなくもない……」

オズワルドと、その胸に抱かれている赤ん坊――名前はウィルフレッドと付けられた――を交互に見比べて、クラレンスとブラッドリーは半笑いを浮かべている。

ウィルフレッドが産まれて半月ほど。そろそろお会いになってもいいでしょう、と医師が許可を出したため、昨日は国王夫妻とローズマリーの両親が入れ替わりで訪れ、今日は二人の兄が訪れていた。

「昨日も言われたわ」

「そんなに似てるかな……」

どうも、オズワルドにはまだウィルフレッドが猿のように見えるらしい。かわいいけど猿っぽい顔してるよな、と何度も確認してきたが、ローズマリーは賢明にも口をつぐんでいた。

だが、国王夫妻も両親も、遠慮なく「オズワルドに似ている」と口にしたし、兄二人も同じ感想を抱いたようだ。

顔を見た全員にそう言われては、オズワルドも納得するしかないのだろう。ウィルフレッドに顔を近づけると「お前、俺に似てるらしいぞ、よかったな」と声をかけた。

「どういう意味よ」

「俺に似てるなら、将来は美男子間違いなしだってことだ」

自信満々にそう言い切って、オズワルドはまたウィルフレッドに顔を近づける。きゃ、と声を上げた赤ん坊に顔をぺちぺちされた彼は、満足そうな笑みを浮かべた。

すっかりデレデレである。

そんなオズワルドを見た兄二人は、視線を交わすと同時に肩をすくめた。

「父上が大はしゃぎでね、やっぱり初めての孫がかわいくて仕方ないらしい」

「それで、ウィルフレッドが三か月くらいになったら、生誕祝いの夜会を催《もよお》そうという話が出ている」

「まあ……」

ローズマリーはあんぐりと口を開けた。普通なら、子どものお披露目《ひろめ》を兼ねたパーティーは一歳の誕生日に行うものである。

義父である国王のはしゃぎっぷりには昨日もちょっと引いたが、まさかそこまでとは思わなかった。

そんなローズマリーの様子に気が付いたのか、クラレンスが申し訳なさそうに言う。

「実を言うとね、半分はお祝いなんだけど……あと半分は、どうやら僕の結婚相手を探したいらしいんだよね」

「ああ……」

そういえば、ウィルフレッドが産まれる前日にそんな話を聞いていた。だが、クラレンス本人はあまり乗り気でないようなことを言っていたはずだ。

そっと表情を窺《うかが》うと、案《あん》の定《じょう》、クラレンスは浮かない顔をしてぼんやり窓の外を見つめている。

「ねえ、大丈夫なの……？」

「まあ……仕方がないだろう。一応、殿下自身の意向を尊重するということにはなっている」

ブラッドリーの袖口を引いて小声で話しかけると、兄も同じように小声で返してきた。どうやら、すでにこの件については話し合いがもたれているらしい。何も気付いていないのは、赤ん坊に夢中のオズワルドくらいだろう。

手をつつくと指を握るのが楽しいのか、何度も繰り返してはデレデレとした笑みを浮かべている。

「大変ね、王太子殿下は」

「これも務《つと》めの一つだ。殿下には、覚悟を決めていただくしかない」

はあ、とため息を漏《も》らした兄の肩をポンと叩いて、ローズマリーは「いい人が見つかるといいわね」と呟いた。

その夜会の準備に城中が慌ただしくなってきた頃、突然ローズマリーたちの住む別棟をクラレンスが一人で訪ねてきた。

常に側にいるはずの兄の姿がないことに驚いたものの、ちょうど休みをとっていたオズワルドと二人で出迎える。

ウィルフレッドはお昼寝中だ。胸が張るので自分でも母乳を吸わせるが、これから先公務に出る可能性も考えて乳母も用意されている。何かあれば、彼女が対応してくれるだろう。

どことなく思いつめた表情のクラレンスをソファへ案内する。

さすがにオズワルドも兄の表情に気付いたらしい。お茶の用意をしてくれた侍女にひっそりと人払いを命じて、クラレンスの正面に腰を下ろした。

「どうかなさったんですか、兄上」

「あ、ああ……」

いまだに迷っている。そんな表情を、クラレンスは浮かべていた。

王太子として、穏やかだが常に自信に溢《あふ》れた表情をしている――いや、していなければならない――彼にしては珍しいことだ。それ以上問いかけることもできず、オズワルドとローズマリーが顔を見合わせる。

しばしの間、部屋の中には沈黙が落ちた。

「……今度の、夜会のことだ」

ようやく覚悟を決めたのだろう。クラレンスはぽつりぽつりと話し出した。

「ウィルフレッドの生誕祝い、ということになっているが、僕の婚約者選びの場でもあることは、前にも話したよね」

「ええ」

「……婚約者を選ばなければならないことは、わかってはいるんだ。僕は王太子だし、王族の一員として血を残す義務がある」

その言葉に、ローズマリーは頷いた。オズワルドとの結婚前、同じようなことを自分も考えたのを思い出したからだ。

そんなローズマリーを見て、クラレンスが力のない笑みを浮かべる。

「……気になる人が、いるんだ」

クラレンスの告白に、ローズマリーとオズワルドは再び顔を見合わせた。

そういう相手がいるのなら、婚約者選びの夜会などとまどろっこしいことをしなくても、その人物にまず話を持っていけばいいだけだ。

はっ、と表情を変えたのは、オズワルドの方が先だった。

「まさか……人妻、とかではないでしょうね……？」

クラレンスがこれほどしおれた様子を見せるからには、見込みのない相手なのかもしれない。

ローズマリーも一瞬その可能性を考えた。

だが、クラレンスは静かに頭を振る。

「いや、違う。……このことは、他言無用で頼みたい」

「もちろん」

短くオズワルドが請け負うと同時に、ローズマリーも大きく首を縦に振った。それを確認したクラレンスが、大きく息をつく。膝の上に置かれた手がぎゅっと握られ、巻き込まれたズボンの生地にしわが寄った。

「相手は……男性なんだ。王城の書庫で、司書官をしている」

「だんっ……!?　ん、んんっ、兄上、今、司書官とおっしゃいました？」

「ああ……」

ようやく秘密を告白できて、どことなく安堵の表情を浮かべたクラレンスに対し、オズワルドは何故かうろたえた表情を見せた。彼の口ぶりからして、相手が男性であることよりも、司書官であることに驚いているように思える。

カタカタと震える手を卓上のカップに伸ばすのを見て、ローズマリーは首を傾《かし》げた。だが、その不自然さに気付いたのは、どうやら彼女だけらしい。

「あの、兄上。司書官というのはもしや……ナサニエルのことで……？」

「あ、ああ……。そうか、最近お前が書庫によく来ると話していたな。そうだ、そのナサニエルだ」

クラレンスの口ぶりは、いつもの調子に戻っていた。一番言いづらい部分を話したことで、逆に開き直ったのだろう。

さすが、王太子殿下である。立ち直りの速さは一級品だ。ローズマリーはそんな妙な感心をしながら、兄弟の会話を眺めていた。

「そうですか、ナサニエル……」

どこか放心したようなオズワルドの呟きに、クラレンスはもう一度頷いた。それを最後に、再び部屋に沈黙が降りる。

「そ、その……つかぬことを伺《うかが》いますが」

「ん？」

その沈黙に耐えきれなくなり、ローズマリーはおずおずと声をあげた。カップを手にしたクラレンスが手を止めて、なんだ、というように視線を向ける。

その視線を受けて、ローズマリーはごくりとつばを呑み込むと口を開いた。

「お相手の方は……その、知っていらっしゃるのですか？　殿下のお気持ちを」

「……いや、言ったことはない。だが、彼も僕のことを憎からず想っていてくれている、と思う」

「いやいや兄上、それは……」

「オズワルド、ちょっと黙ってて。あの、殿下、それは本当に？」

前のめりになったローズマリーに、クラレンスが若干引き気味になった。だが、質問には答えなければならないと思ったのだろう。うむ、と頷くとカップに口をつける。

目を輝かせたローズマリーを横目に、オズワルドは大きなため息をついた。

「わかりました、兄上。いったんこのお話はここまでに。俺も少し気になることがありますし……」

この場で何か言ってもすぐに解決できる問題ではないし、そもそも、解決の糸口などあるはずもない、といったところだろう。

クラレンスもそれはわかっているのだろう。ただ、一人で抱えるにはつらい秘密を、誰かに聞いてほしかっただけなのかもしれない。

時間を取らせたな、と言ってどこかすっきりとした表情で立ち上がったクラレンスを引き留めて、オズワルドが最後に一つ、と質問を投げかける。

「あの、兄上。念のためにお聞きしたいのですが……ナサニエル以前に、その、男に対してそういった感情を抱いたことは……？」

「いや、彼が初めてだ」

そうですか、と頷いたオズワルドは何かを考えるように視線をさまよわせる。クラレンスが辞去の挨拶をし、ローズマリーが扉の前まで彼を見送りに出ても、オズワルドは何故か天井を睨《にら》んだまま、何か考え続けているようだった。

◇

——さて、困ったことになったぞ……

オズワルドは胸中でそう呟いた。だが、彼が困っているのは、クラレンスが男色だとか、このままだと跡継ぎが、とかそういうことではない。

実を言えば、オズワルドはナサニエルとはかなり親しくしている。書庫に通うようになってから知ったことだが、ナサニエルはかなり優秀な司書官であった。

本の管理をさせて、彼の右に出る者はおそらくいないだろう。できればこのまま司書官として城に残り、後進を育成してもらえたら、資料探しは今の倍は楽になるはずだ。

だが、それが難しいこともオズワルドは知っていた。

何故なら……

——まだ確認したわけじゃないけど、あいつ……多分、女なんだよなあ……

同じ王子ではあるが、基本的には将来の国王として政務を中心にしているクラレンスとは違い、オズワルドは魔術騎士の資格を持つれっきとした騎士でもある。

さすがに、女性と男性の骨格の違いくらいは、注意して見ればわかるのだ。

ナサニエルは普段は少し大きめの上着を着ているため気付きにくいが、本を整理するときなどはシャツ一枚になっていることもある。たまたま居合わせたその場で、オズワルドは彼を不審に思ったのだ。

――それから注意して見れば、まあ気付かないのが不思議なくらいだったもんなあ。

男にしては背も低い。上げ底の靴を履いているようだが、それでもオズワルドの肩を少し超える程度だ。胸はどうにかして潰しているようだが、腰回りの細さは隠せていない。

気付かれないのがおかしいくらいだと思うのだが、周りの司書官に高齢の人物が多いことが幸いしているのだろう。今のところ、まったくバレてはいないようだ。

「だからといって、なあ……」

ガーランド家は歴史ある家柄である。その歴史ある伯爵家の令嬢が男装で働いている――となれば、何かしら事情があってのことだろう。

兄のためを思えば女だと教えてしまいたいところだが、それを明かしてしまって果たして良いのか、という疑問が生まれる。

最悪の場合、ナサニエルは職を失い、ガーランド家にも王家を謀《たばか》った罪で何かしらの形で処罰が降りかかる可能性があるのだ。

「どうしたの？」

クラレンスを見送ったローズマリーが、戻ってきてオズワルドの隣に腰かける。その身体をやんわりと抱きしめて、オズワルドは肩口に顔を埋めるとその匂いを吸い込んだ。

――最近のローズマリーは、ミルクの匂いがする。

それと同じものを、ウィルフレッドからも感じる。そう思うことで、むくむくと頭をもたげた劣情をなんとか抑え込み、オズワルドは小さく息を吐いた。

――ローズマリーに無理はさせられない。

医者からは、もう夫婦生活を再開しても良い、と言われている。だが、オズワルドはローズマリーが「いい」と許可するまで待つつもりだった。

「いや……」

ぎらついた目をしていないだろうか。それが気になって、オズワルドはローズマリーと視線を合わせないよう再び天井を見上げた。

「ちょっとな」

「何よ……変なの」

ローズマリーが胡乱《うろん》な視線を投げかける。尖《とが》らせた唇に触れるだけの口付けをして、オズワルドは立ち上がった。

「ちょっと出かけてくる」

「そ、そう……行ってらっしゃい」

とりあえずは、ナサニエル側の事情を調べなければならないだろう。事情通なやつは誰かな、と部下の騎士たちの顔を思い浮かべながら、オズワルドは部屋をあとにした。

第二話　まさかの疑惑

きらきらしい魔術灯をいくつも連ねた燭台に照らされた、吹き抜けの大広間。壁一面の精緻な壁画も、高い天井に施された装飾も、あのときとまったく変わりがない。

かつて婚約披露を行ったセーヴェル王城の大広間で、オズワルドはローズマリーと並び、集まった貴族たちから祝いの言葉を受け取っていた。

ウィルフレッドの誕生を祝って催《もよお》された夜会であるから、それは至極当然の光景だ。

ちなみに祝われている張本人のウィルフレッドは、夜会の最初にだけ姿を見せたが、すぐに乳母に抱かれて部屋に戻っている。

しかし、この夜会のもう一つの目的であるクラレンスの婚約者選びの方は、やはり本人が乗り気でないせいか、うまくいっているとは言い難《にく》かった。

おそらく、妙齢の令嬢がいる家にはもれなく招待状をばらまいたのだろう。今日の参加者には、やけに若い令嬢の姿が目立つ。

だが、クラレンスは笑顔で彼女たちに対応はするものの、誰ともダンスを踊ろうとはしなかった。

——兄上も、大変だよな。

オズワルドは、ひっそりと胸中で嘆息した。自分たちに話すことで踏ん切りをつけようとしていたが、おそらくうまくいかなかったのだろう。どうやら兄も、自分同様しつこい性格をしているようだ。

自分は、まあいろいろありはしたが、こうして愛しい相手を妻に迎え、子を成すことができた。それを思えば、兄にも同じ幸せを得てほしいと思う。

事情通の部下から集めた情報によれば、ナサニエルにはナタリーという双子の姉がいるという。病弱であまり人前に出てこないらしい。年齢は、二人ともに十九歳。ナサニエルが司書官として働き始めたのが十八歳のときのことだそうだ。

つまり、その「ナタリー」こそが、ナサニエルなのだろう。実際、姉弟の幼少期を知っている、という騎士からは「二人はよく似た姉弟だ」という話も聞いた。

あまり大した情報は得られなかったが、それが「二人とも」社交の場に姿を現さないということを示していた。

――今日は、参加しているのかな……

病弱でもなんでも、ナタリーも貴族の令嬢で、さらに言えば妙齢の女性に当たる。おそらく招待状は届いているだろう。

クラレンスの告白後も何度かナタリーとは書庫で顔を合わせていたが、どう切り出せばよいのかわからず、オズワルドは手をこまねいていた。

だが、とオズワルドは思う。

――もし、兄上の言う通り、ナタリーも兄上を憎からず想っているとしたら……せめて本来の姿で会いたいと、この夜会に出てくるんじゃないか？

もちろん、それは希望的観測に過ぎないが。

「どうしたの？」

「ん、ああ、いや、なんでもない」

ナタリーが参加しているのかどうか気になって、周囲をそれとなく見回していたつもりだったが、ローズマリーには気付かれてしまったようだ。

慌てて首を振ったものの、ローズマリーはなんだか不機嫌そうに口をとがらせている。

その表情がかわいらしい。にやけそうになった顔を慌てて引き締《し》めて、ん、と咳払いする。

「どうした？」

「ううん……なんでもない」

奇《く》しくも、先程と立場を変えて同じ質問と答えを繰り返してしまったことに気が付いて、オズワルドはわずかに口元をほころばせた。馬鹿みたいなやり取りだが、久しぶりに着飾った彼女の姿に柄にもなく浮かれている。ローズマリーはだいぶ腰回りを気にしていたが、少し肉が付いたくらいがちょうどいいのだ。柔らかくて抱き心地が最高だから。

その彼女の腰を近くに引き寄せ、周囲の人々に軽く手を上げるとその場から離れる。壁際に立っていた給仕から果実水を受け取ると、オズワルドはそれをローズマリーに差し出した。

「こういう場は久しぶりだから疲れただろ」

「……そうね。なんか、少し疲れ――あ」

何かに気付いたように、ローズマリーが顔を上げる。その視線の先を振り返って、オズワルドは笑みを浮かべた。

「ああ、アータートン子爵夫人か」

「ちょっと話してきてもいい？」

ああ、と頷いて、オズワルドはアータートン子爵夫人――ローズマリーの友人、エディスのことだ――のところまで彼女を連れて行った。ゆっくり二人だけで話ができるよう、離れた場所で待つことにする。

そのとき、視界の端に見知った顔が横切ったような気がして、オズワルドはその人物の姿を目で追った。

――あんな知り合い、いたかな……？

だが、どこかで確かに見た顔だ。栗色の髪に緑色の瞳をした黄色いドレスの令嬢。人目にあまりつきたくないのか、壁際にひっそりと立っている。

その視線の先を追って、オズワルドははっとした。彼女が見ているのは、クラレンスだ。女性に視線を戻し、まじまじとその顔を凝視する。

――ナタリーだ……！

ちら、とローズマリーに視線を走らせると、彼女はエディスと会話が弾んでいるようだ。確か、彼女はすでに子どもが一人いる。母としての先輩に、何か聞きたいことでもあるのだろう。

――少しくらい離れても、大丈夫だよな。

オズワルドはこぶしを握ると、ナタリーの元へ大股で歩み寄った。

「ナタリー嬢」

「え、あ、お、オズワルド、殿下……」

突然声をかけられたことに驚いたのか、ナタリーは大きな目を見開いてオズワルドの顔を見上げた。だが、不躾《ぶしつけ》だったことに気付いたのか、慌てて視線を下げて礼をする。

その姿に、いつも通りの声音で声をかけた。

「先日は、本をどうもありがとう。おかげで役に立った」

「いえ、そんな……お役に立て……て……」

オズワルドの言葉に、うっかりいつもの調子で返事をしかけて、自分が今どんな姿であるか思い出したのだろう。みるみるうちに、彼女の顔色が青くなり、かたかたと小さく震えだす。

「大丈夫、別にきみを糾弾《きゅうだん》しに来たわけじゃない。ちょっと時間をもらえるか」

「は、はい……」

小声で囁《ささや》きかけて、オズワルドは庭に続く窓から外に出る。おとなしく後ろをついてくるナタリーは青い顔をしたままで、なんだか少し申し訳ない気分になった。

◇

「あれ……」

今度ゆっくり息子の顔を見に来てもらう約束をしてエディスと別れ、振り返ったローズマリーは近くにオズワルドの姿がないことに気が付いた。

――誰かと話をしてるのかしら。

今日この場には、彼の部下もたくさん出席してくれている。何人かは先程祝いの言葉を述べに来てくれた。まだ話をしていなかった知り合いを見つけて、そこへ行ったのかもしれない。

探そうか、とも思ったが、腰回りを気にしてきつめに締《し》めてもらったコルセットが今頃になって苦しくなってきている。少し緩《ゆる》めたいが、そうするとこのドレスを着るのは無理だろう。

――ほんと、嫌になっちゃう……

この三か月、そこそこ努力した甲斐あって、体形はだいぶ妊娠前に戻ってきている。だが、腹回りについた肉がなかなか落ちない。ふとしたときにオズワルドに腹を摘まれたりするのだが、恥ずかしくてたまらない。

はあ、とため息をついて、ローズマリーは手近な壁際によると、そこに寄りかかった。

――やっぱり、これが原因なのかしら。

夫婦生活を再開しても良い、という話はもちろんローズマリーも聞いている。オズワルドにも伝えたと医師が言うので、その夜はだいぶ緊張しながら寝台に入った。

だが、オズワルドはいつも通りローズマリーを労《いたわ》っただけで、艶《つや》めいた空気などかけらも感じさせない。

それどころか「ウィルフレッドと同じ匂いがする」などと言って笑っているばかりだ。

そんな日が、もう何日も続いている。

——あのオズワルドが、まったく手を出してこないなんて……

妊娠前は、それこそ昼も夜も——という調子だったのに。

ぼんやりと周囲を見渡しているうちに、だんだん気分が落ち込んできた。それに引きずられるように、なんだか気分まで悪くなってくる。おそらく締《し》めすぎたコルセットが原因だ。

もうそろそろ、部屋に引き上げても問題はないだろう。主要な貴族からの挨拶はすでに受けている。エイブラムも、半年前に結婚した妻を連れて挨拶に来てくれた。

もう、充分なはずだ。

大広間の隣の部屋に控えていた侍女を連れ、ローズマリーは別棟へと戻ることにした。

戻るのには、庭を突っ切るのが一番早い。本来なら回廊を渡っていくところだが、気分のすぐれないローズマリーは、一刻も早く部屋へ戻ってコルセットを外してしまいたかった。

馴染みの侍女は、ローズマリーの要望に肩をすくめただけでついて来てくれる。おおかた体調不良の原因に気付いているのだろう。情けない気持ちで歩いているその途中、繁《しげ》みの向こう側に見慣れた黒髪の頭を発見して、ローズマリーはおや、と首を傾《かし》げた。

——あれ、オズワルド……？

一応伝言は残してきたが、ここで会えたのなら直接言っておこう。そう考えたローズマリーは彼に声をかけようと口を開きかけた。が、そのとき。

「……お願いします、どうか……」

「ああ、わかってる。けど……」

風に乗って流れてきた声は、明らかに女性のものだった。それに応《こた》えたのは、間違いなくオズワルドの声。

片手をあげたまま固まった主を、侍女が不思議そうに見つめている。だが、それに構う余裕は、ローズマリーにはなかった。

――え、え？　どういうこと……？

さらに聞き耳を立てようとするが、風向きが変わったのか、ぼそぼそと喋《しゃべ》る声だけは聞こえてくるが、内容はわからない。

『妊娠中、いえ、産後も。お気を付けあそばせ、ローズマリーさま。殿方というのは、どうも子を成すとすぐに遊び心が生まれてしまうようですわよ』

耳の奥に、義母のサロンで聞いた話が蘇《よみがえ》る。その場では笑って流したが、もしかするとこれは、その。

――オズワルドが、浮気……？

まさか。すぐに否定したものの、いったん生まれてしまった疑惑の芽は急速にローズマリーの胸の中で成長していく。

思えばここのところ、オズワルドはなんだか気もそぞろな風情ではなかったか。それに加え、妊娠前はそれこそ毎晩という勢いだった夫婦生活も、医師の許可が出ているのに再開する様子がない。

それは、つまり……

――よそで、発散している、ということなの……？

顔を青ざめさせてふらついたローズマリーを、侍女が支える。彼女の位置からは、どうやらオズワルドの姿も見えず、先程の声も聞こえていなかったらしい。

小声で礼を言って、ローズマリーは侍女に支えられたままその場をあとにした。

◇

動揺しきりのナタリーに確認できたのは、ナサニエルが男装した彼女である、ということだけだった。理由について問いただしたかったが、取り乱した様子の彼女を宥《なだ》めるのに手間取ってしまい、聞き出せずじまいである。

ローズマリーを長時間放っておくわけにもいかず、オズワルドはようやく落ち着いたナタリーを伴《ともな》って大広間へと戻った。

ナタリーを伴《ともな》ったままなのは、彼女をローズマリーに紹介しようと思ったからだ。

――驚くだろうな……

ローズマリーはどんな顔をするだろう。想像すると、それだけで笑いがこらえられない。しかし、先程エディスとローズマリーが話をしていた場所まで戻っても、彼女の姿がない。周囲を見回しても、見つからない。

首を傾《かし》げていると、クラレンスがオズワルドの元へ歩み寄ってきた。どこか疲れた表情をしているのは、きっと令嬢たちの相手をしていたからだろう。

「兄上。ローズマリーを見ませんでしたか？」

「ああ、ローズマリーは部屋に戻ったそうだよ。なんでも、体調があまり良くないらしい。お前も——ん？　そちらは？」

話の途中だったが、クラレンスはオズワルドの陰に隠れるように立っていたナタリーに気付いて目を留めた。きっと、頭の中で「どこかで見た顔だ」と思っているのだろう。少し不思議そうな表情をしている。

「あ、ああ……ええっと……ナサニエルの姉ぎみの、ナタリー嬢です」

「ああ、ナサニエルの……。いつも弟ぎみには世話になっている。だが、姉ぎみがいたとは……知らなかったな……」

ナタリーの顔を見ていたクラレンスの言葉が、だんだん途切れ途切れになっていく。さすがにこの近さで顔を見て、彼女が「ナサニエル」であることに気付いたのだろうか。それならそれでいいのだが。

しかし、そんなオズワルドの期待通りに話は運ばなかった。

「ナサニエルとあなたは随分似ているんですね。一瞬、ナサニエルが女装しているのかと思いましたよ」

「そ、その……双子ですので……多少は」

クラレンスは何を思ったのか、しきりにナタリーに話しかけている。ナタリーは自分の正体がバレるのを恐れてか、言葉少なにその問いに答えていた。

――気付かないものなんだな……

確かに、今日のナタリーはいかにも令嬢然とした姿だし、髪形も違う。化粧もしているし、低めのヒールを選んでいるのか、身長もオズワルドの肩よりも下だ。

おまけに、オズワルド自身が彼女を「ナサニエルの姉」と紹介してしまった。

案外誤魔化せるものなんだな、と感心していると、突然クラレンスがナタリーに手を差し出すのが見えた。

「ナタリー嬢、どうか一曲、お相手願えませんか」

「えっ……」

戸惑ったのは、ナタリーばかりではない。オズワルドも驚いて、クラレンスの表情を窺《うかが》う。その彼の頬がわずかに上気して見えるのは、照明のせいでも会場内が暑いせいでもないだろう。

ナタリーの逡巡《しゅんじゅん》をどう捉《とら》えたのか、クラレンスは重ねて「いかがですか」と問いかける。

うっすらと頬を染めたナタリーが、ゆっくりと伸ばした手を重ねるのを見て、オズワルドはほっと詰めていた息を吐いた。

――同一人物とわかったかどうかはさておき、これで兄上が「ナタリー」を気に入ったのなら、それで丸く収まるのかな……？

やがて、曲が始まると二人がゆっくりと踊り始める。周囲からはひそひそと囁《ささや》く声がするが、やがてそれもいつも通りのざわめきの中に消えていく。

――ここはもう放っておいてもいいかな。あとは二人の問題だろ。

オズワルドは国王夫妻の元へ行き、部屋へ戻ることを告げると、何か聞きたそうな様子の両親を置き去りにしてその場を立ち去った。


夜会の次の日は、たいていの場合朝が遅い。だが、その日のオズワルドは朝早くからクラレンスの訪問を受けていた。

「昨日の……ナタリー嬢とお前は知り合いなのか？」

「あ、え……えっと……その、ナサニエルから聞いていたので、見かけて声をかけまして……」

クラレンスの詰問《きつもん》口調と、ローズマリーのじっとりした視線に囲まれたオズワルドは、非常に居心地の悪い思いを味わっている。

どうやらクラレンスは、ナタリーとナサニエルが同一人物だということまでは気が付いていないらしい。質問は、彼女がどうして自分と一緒だったのか、どういう関係だ、と尋ねる内容ばかりだった。

だが、こうしてそれを気にしてオズワルドの元に来るということは、彼女が気に入ったからなのは間違いない。そのはずなのだが。

「ナサニエルから……？　僕は、聞いたことがなかった……」

どこかショックを受けたような顔で呟いたクラレンスに、オズワルドは冷や汗をかいた。

そりゃそうだろう、俺だって本当は聞いたわけじゃない。そう口から出かかって、慌ててその言葉を飲み込む。

本当なら、昨日夜会で見かけたときに彼女の気持ちを聞き出して、二人を引き合わせるかどうか決めるつもりだったのだ。

それが、あまりにも彼女が動揺するものだから時間がなくなり、ローズマリーに話しておこうとしたがそれもできず。

昨夜は部屋に戻ったら、ローズマリーはウィルフレッドの部屋で寝ていると言われ、様子を見に行ったら何故か追い出されたのだ。

やはり、子ども部屋に大人用の寝台を入れるのではなかった。続き部屋の乳母の寝台だけで充分だったのだ、と深く後悔したが後の祭りだ。

いや、そんなことよりも今はクラレンスとナタリーの問題の方が先だった。気を取り直したオズワルドは、逆にクラレンスに質問する。

「それで、ナタリー嬢を婚約者に迎えるつもりなのですか？」

「……まだ、正式には何も。ただ、僕自身としては――それでいいかな、と思っている」

「いいかな、って……」

随分消極的な言い方だ。オズワルドが眉をひそめると、クラレンスは少し肩を落とした。

「……昨日、彼女と話していて……なんというか、正直に言えば惹《ひ》かれるものを感じた。ナサニエルと姉弟だからかな……初めて喋《しゃべ》った気がしなかったし、楽しかった」

だけど、と小さく呟いたクラレンスが、両手で顔を覆う。

「……だが、そんな気持ちで彼女に求婚して、果たしていいのか……僕は、彼女を彼の身代わりにしているのでは、と……」

クラレンスの絞《しぼ》り出すような声音が、オズワルドの罪悪感をびしびしと刺激した。本当のことを喋《しゃべ》ってしまおうか、と思う反面、やはりナタリーの意向を確認せずに話してしまうのもいけない気がする。

二人の板挟みになって、オズワルドはどうしたものかと天井を仰《あお》いだ。


王城の書庫は、いつも静寂に満ちている。利用者のほとんどは城に勤《つと》める文官で、オズワルドのような騎士服を身にまとった姿はほとんど見かけることはない。

それだけに、すぐにオズワルドが来たことに気付いたのだろう。本を何冊か抱えたナタリーは、目を合わせると途端にぎくりと表情をこわばらせた。

——顔に出やすい性質なんだよなあ。よくまあ、これで秘密を抱えて仕事ができるもんだ……

ここまでくると、なんだかいろいろ通り越して逆に心配になってくる。オズワルドは片手をあげると、一応笑顔を浮かべて声をかけた。

「ちょっといいか？」

「は、はい……」

呼ばれたナタリーは、本をカウンターの上に置くと、老齢の司書官に断りを入れてからこちらへ歩いてくる。顔色は紙のように白いが、足取りは思いのほかしっかりとしていた。

「殿下、申し訳ありませんが、外で……」

「ああ、悪いな」

書庫の中では私語を慎むべきである。この分だと、きちんとオズワルドの来訪の意図を理解しているらしい。

二人が連れだって扉から出ていくのを、老齢の司書官は特に表情を変えることなく見送った。「ナサニエル」がオズワルドと懇意にしているのは、彼らも知っているからだ。

黙ったまま廊下を歩き、渡り廊下の手前から庭に出る。芝生の広がった少し向こうには木立があり、外で昼食をとりたい者たちが木陰を求めて奪い合う人気スポットだ。当然のことながら、今は昼休みの時間ではないので人の姿はない。

一応周囲の様子を確認してから、オズワルドはナタリーに向き直った。

「ナサニエル、いや、ナタリー嬢。単刀直入に聞きたい。きみは……兄上のことを、どう思っている？」

「……素晴らしい方だと、尊敬を」

模範的な回答に首を振って、オズワルドはナタリーの目を覗き込んだ。緑色の瞳を正面に捉《とら》え、逃げられないよう肩を掴む。力を入れすぎないように加減はしたが、ナタリーは一瞬だけ眉をひそめた。

「……昨日、兄上はきみをダンスに誘った。その意味はわかるな」

「……っ、はい」

「きみがその誘いを受けたことで、父上も母上も……きみを兄上の結婚相手候補として見ている」

はっきりとそう告げると、ナタリーの緑の瞳が揺れた。ふ、と息を吐いた口元が引き結ばれ、みるみるうちに涙が浮かび始める。

う、とオズワルドがひるんだ瞬間、その涙がぽろりとこぼれた。

「ま、待て……落ち着け、いいか、別に悪いことじゃないだろう」

「だ、だって……」

ひく、としゃくりあげると、ナタリーはポケットから白いハンカチを出して目元にあてた。雫がすっとそのハンカチに染みていくのを見ながら、オズワルドはほっと息をつく。

——涙を見るのは苦手なんだよな……。ローズマリーの泣き顔を思い出すから……

しばらくそうして目元にハンカチをあてている間に、ナタリーはようやく落ち着きを取り戻したようだった。

「失礼しました。その……昨日のことは……一度だけの思い出のつもりで……。殿下のことは、お慕い申し上げておりますが……きっと、お調べになればわかりますけれど、我が家はとても王家に嫁げるような家ではありません」

「ガーランド家が……？　いや、そんなことはないだろう？　由緒ある伯爵家だ、何も問題はないと思うが……？」

眉をひそめたオズワルドに、ナタリーはうっすらと寂しげに微笑んだ。ゆっくりと首を振ると、オズワルドの背後にある木を見上げる。

何もかも、諦めているような顔だ。彼女の表情を見て、オズワルドはふとそんなことを思った。

「それに……その、クラレンス殿下は……」

何か言いづらいことを口にするかのように、ナタリーの声が一度途切れる。再び、彼女の視線がオズワルドの顔に向けられた。その表情に胸をつかれる。

男装をしていても、一瞬ドキッとするような儚《はかな》さだ。クラレンスのことを考えてこんな表情を浮かべているのなら、きっと彼女は——

「この、男性の装いをした私のことを気に入っておられるご様子でした。もしや、殿下は……」

「あー、待て、待て？　みなまで言うな」

がっくりと、オズワルドは肩を落とした。ここへきて、まさか兄までもが自分の想い人から同じ疑惑をかけられるとは思わなかった。

——兄上ぇ……まあ、実際ご自分でもそう思われてるみたいだけど……

ひゅう、と一瞬冷たい風が二人の間を通り抜ける。それに目を細めて、オズワルドはふと彼女の背後に視線を送った。

——ん？

誰かがいたような気がする。紺の上着の裾《すそ》が見えたような気がしたが、城の勤《つと》め人にはかなり愛用者の多い色だ。その姿はもうすでに建物に消えてしまったようで確認できない。

「あの、申し訳ありませんが、そろそろ……」

「あ……ああ、すまない。また後日、時間をもらえるか」

仕事の途中で連れてきてしまったのを思い出し、オズワルドは礼をして立ち去るナタリーの後ろ姿を見ながらため息をついた。

第三話　書庫での騒動

「なるほどなあ……」

ナタリーの言葉が気になったオズワルドは、ガーランド家について調査を入れていた。王家の諜報員を使うとのちのち面倒くささそうなので、実際に調べたのはエイブラムである。

彼は結婚を機に騎士団を退《しりぞ》き、今は侯爵として領地経営と騎士団総括の相談役――つまり、オズワルドの相談役をしている。気が向けば、騎士たちに稽古をつけてくれたりもするのだ。

調査を頼んで三日後、そのエイブラムが持ってきた調書を机の上に雑に放り投げて、オズワルドは頬杖をついた。

「三年前の水害で、ガーランド家は借財を抱えたわけか……」

最初の額は、そこまで大きなものではない。だが、領地の復興が思うように進まず、ガーランド家は借金を繰り返すことになった。総負債額はかなりのものになる。

ただその借金により、領地にはようやく復興の兆《きざ》しが見え始めたところらしい。

それに加え、病弱な長男ナサニエルの治療費にも、かなりの額が使われているようだ。残念なことに、その治療はあまり実を結んでいるとは言い難《にく》いらしい。ナタリーが身を偽って働いているのも、彼の治療費をねん出するためのようだ。

「よく調べたなあ、ここまで」

「これくらいはお手の物ですけどね」

オズワルドの書斎で来客用のソファに腰かけたエイブラムは、そう笑うと手にしたカップに口をつけた。

「しかし、これはどうしたものか……。借財くらいはまあ、兄上がなんとでもするだろうが……」

「問題は、そのナサニエルの病ですなあ。彼に何かあれば、あとを継ぐのはナタリー嬢だけになる」

そう、そこが問題なのだ。おそらく、ガーランド家はナタリーを手放したがらないだろう。ナサニエルに万一があったときのスペアとして。

――嫌な立場だな、スペアってのは。

両親も兄も、そんなことは一言も言わなかったし、そんな扱いを受けたこともない。だが、自分を「兄のスペア」として見ている人間がいることを薄々感じたことはある。

多かれ少なかれ、どの家でもあることだ。

だが、実際こうして嫡男たる弟が病に臥せっている状況であれば、ナタリーにかかる重圧は自分以上だろう。

「……エイブラム、ついでにもう一つ頼まれてくれるか」

「ええ、なんなりと」

にっこり笑ったエイブラムには、オズワルドの考えていることは筒抜けだろう。その証拠に、オズワルドが口にした頼みごとに「任せてください」と大きく頷いてくれる。

「兄上には……話すべきかな……」

来たついでに騎士団の様子でも見てきます、とエイブラムが立ち去った後の執務室で、オズワルドはぼんやりとそう呟いた。

◇

最近、オズワルドの様子が変だ。

夫婦共用の居間で庭を眺める夫の様子をこっそり窺《うかが》いながら、ローズマリーは考えていた。ウィルフレッドの生誕祝いの夜会――あの日からオズワルドは、心ここにあらずといった状態で考え込むことが増えている。

もちろん、クラレンスのあの告白のことがある。オズワルドも弟として、それなりに思うところがあるのだろう。しかも、相手はオズワルドも懇意にしている司書官だ。気にもなるし、考えることもあるだろう。

だが、もう一つローズマリーには気になることがある。あの日、オズワルドが会っていた女性のことだ。

――いえ、まさか……オズワルドに限って……

「浮気」の二文字が頭をよぎるたび、ローズマリーはそれを心の中で否定してきた。オズワルドがどれだけ自分を愛してくれているか、そして産まれた我が子を愛しているか、折に触れてそれを実感してきたローズマリーである。

だが、そうして必死で否定するたびに、あの言葉が頭によみがえってくるのだ。

『妊娠中、いえ、産後も。お気を付けあそばせ、ローズマリーさま。殿方というのは、どうも子を成すとすぐに遊び心が生まれてしまうようですわよ』

それを裏付けるかのように、オズワルドとの夫婦生活も途絶えたまま。自分から誘ってみるという手もあるが、これまでそんなことをしたことがなかったローズマリーには少々荷が重い。

――それに、これがね……

腰回りに手を当てて、ローズマリーは悩ましげにため息をついた。大好きなクッキーも我慢しているというのに、一向に減らない腰回り。

はあ、と大きなため息をついてしまって、ローズマリーは慌てて口を押さえた。だが、庭を見つめたままぼんやりとしているオズワルドがそれに気付いた様子はない。

ほっとすると同時に、なんだか少し寂しくなる。

――最近、ずっとこんな感じで……これからも、こうなのかしら。

オズワルドと心が通じ合ってから、まだ一年半程しか経っていないのに。オズワルドの横顔を眺めながら、ローズマリーはもう一度ため息をつく。

そこへ、突如ノックの音が響いた。それに気付いたオズワルドが入室の許可を出すと扉が開き、騎士が一人、オズワルドの元へ歩み寄る。

「殿下、こちらを」

「ああ……ありがとう」

手渡されたのは二つに折りたたまれた紙片だ。普段なら仕事関係のものと思い、気にならないところであるが、今のローズマリーにはやけにそれが気になった。

——何、あれ……

騎士の目の前でそれを広げたオズワルドの顔に、一瞬喜色が走る。何かを耳打ちすると、騎士は深々と一礼して——そして踵《きびす》を返すといそいそと部屋を出て行った。

その一連の流れに、妙な不安がよぎる。

「ローズマリー」

オズワルドに名前を呼ばれて、ローズマリーの肩が跳ねた。

「な、何？」

「悪いが、ちょっと出かけてくる」

そう告げるオズワルドの声には、わずかながらそわそわとした気配が漂っていた。心なしか、浮かれているようにさえ見える。

——ま、さか、ね……

ローズマリーの胸中に、嫌な想像が幾通りも浮かんで消えていく。だが、それを押し隠してローズマリーは頷いた。

そっと頬に口付けを落として、オズワルドが部屋をいそいそと出ていく。上着を取りに行くのか、その足音は玄関とは反対の彼の部屋の方へ消えていった。

その足音に耳を澄ませながら、ローズマリーはえい、と気合いを入れて立ち上がる。

——ええい、悩んでも仕方ない……！　確かめに行くわよ……！

ぐだぐだ思い悩むのは、やはり性に合わない。この目で見て、しっかりと確かめてやろうじゃないの。

控えていた侍女に乳母に向けての伝言を託し、ローズマリーは外へ出ていくオズワルドのあとを、こっそりとつけていくことにした。

別棟を出たオズワルドは、急ぎ足で城の方角に向かっていた。そこは小さな並木道になっているので、身を隠しながら追跡するのにはおあつらえ向きだ。

一応、こそこそとあとをつけていたローズマリーだったが、オズワルドは背後を振り返りもしないし、周囲を警戒している様子もない。

——浮気相手に会いに行くにしては、堂々としているわね……

もしかしたら、自分の勘違いだったのかもしれない。ローズマリーは今更ながら、そんな風に思い始めていた。彼の様子から、あの紙片は浮気相手からの文ではないか、と疑っていたのだ。

そうこうしているうちに、オズワルドは突然道を外れると木立の向こうの芝の上を横切り始めた。

ローズマリーも慌ててそれを追いかける。

ただ、慌てたせいでドレスを植え込みに引っ掛けてしまった。

「も、もう……やだ、こんなときに」

屈《かが》み込んで、ドレスの生地が破けないようそっと引っかかった木の枝を外す。ついでに何枚かついてしまった木の葉を払い、顔を上げたときには、オズワルドの姿はすでに芝の先にある建物に消えていくところだった。

「やだ、見失っちゃう……！」

急ぎ足でローズマリーもそのあとを追い、建物の中に入る。きょろ、と周りを見渡すと、左手の奥の角を曲がっていくオズワルドの後ろ姿が見えた。

ほっと息を吐いて、そのあとをまた追いかける。

だが、ローズマリーが彼の姿を確認できたのはそこまでだった。代わりに、目の前にあるのは大きな扉だ。まっすぐに伸びた廊下の右手には、かなりの間隔をあけて同じような扉が三つ並んでいる。

「……これは、書庫の入口……？」

掲げられた表札には「第二書庫」の文字が刻まれている。ローズマリーは首を傾《かし》げた。

「ここに来るのなら、そう言えばいいのに」

口の中でそう呟いて、ローズマリーはほかの二つの扉も確かめた。やはりそれぞれ書庫の扉のようで、第一書庫、第三書庫、と刻まれた表札がかけられている。

この建物全般が書庫だとすると、蔵書量はかなりのものになるのではないだろうか。ローズマリーが普段行くような城の図書室とは、まったく比べ物にならない。

――それで、オズワルドもクラレンス殿下も……おそらくほかの官吏の方々も、司書官に資料探しを依頼しているのね……

あまりにも縁がないので、その辺《あた》りの事情にローズマリーは詳しくない。だが、実際にその場に立つと、オズワルドやクラレンスがナサニエルを頼りにし、親しくしている理由がわかる。

「……入って、いいのかしら……？」

「ええ、どうぞ？」

呟いたローズマリーの背後から突然声がかけられた。驚きに息を呑んで振り返ると、その先に線の細い男性の姿がある。

「失礼、驚かせてしまいましたね、ローズマリー妃殿下。私はこちらの書庫で司書官を務《つと》めている者です」

彼はそう言うと、一礼して名を名乗る。なめらかな、男性にしては少し高めの落ち着いた声だ。

「ナサニエル・ガーラントと申します。オズワルド殿下には、大変よくしていただいております」

「あ、あなたが……」

なるほど、とローズマリーは目の前の青年、ナサニエルの姿を眺めた。どちらかというと、彼は中性的な容姿をしている。いや、若干女性寄り、と言ってもいい。

大き目の衣服を着ているが全体的に細身で肩幅も狭い。まっすぐローズマリーを見ている緑色の瞳は大きく、ぱっちりとしていてかわいらしささえある。

――こういうのが、クラレンス殿下のお好み……ということ？

ううん、と考え込んでしまったローズマリーに、ナサニエルが再び遠慮がちに声をかけてきた。

「どうかなさいましたか……？」

「あ、うう……ん……？」

あれ、とローズマリーは首を傾《かし》げた。この声、どこかで聞いた記憶がある。しかし、書庫に来ることのないローズマリーが彼の声を聞く機会など、そうそうあるはずもなかった。

――でも、確かに……

困惑するナサニエルを放って、ローズマリーは必死に記憶を呼び覚ます。そうしてしばらくして、はっとしたローズマリーがナサニエルの肩をがっしりと掴んだ。

「あなた、あのときの……！」

「えっ？」

突然のローズマリーの奇行ともいえる行為に驚いて、ナサニエルが素っ頓狂《すっとんきょう》な声を上げる。それと同時に、ローズマリーの背後にある書庫の扉が開いて、中から人が顔を出した。

「どうなさ……」

「お、ナサニエル、ここにいたのか……あれ、ローズマリー？　お前も書庫に用事か？」

「オ、オズワルド……！」

「なんだ、言えば一緒に来たのに……どうした？」

タイミングよく顔を出したのは、オズワルドであった。どうしたのか、と二人を交互に見たオズワルドが、呑気《のんき》な口調でそう言う。その呑気《のんき》さに無性に腹が立って、ローズマリーは彼の足を踏みつけた。

「はあ……？　俺が、浮気ぃ……？」

どこか話ができる場所はないのか、というローズマリーの問いかけに、ナサニエルは書庫の上階にある談話室を案内した。そこへ二人を引っ張り込んだローズマリーは、オズワルドに向かって抱《いだ》いていた疑惑をぶちまけたのだ。

だが、そのオズワルドは困惑した表情を浮かべている。

「だって……最近、ずっとなんだか上の空で……それに」

ローズマリーは、何故自分はここにいるのだろうという困惑顔をしたナサニエルを振り返ると、手招きして呼び寄せた。

さらに困惑を深めたナサニエルは、だが王子妃に呼ばれては逆らえないのだろう。オズワルドの様子を窺《うかが》いながらもおずおずと近寄ると、言われるがままにローズマリーの隣に腰を下ろした。

「この方、随分とうまく誤魔化していらっしゃるけど……女性よね」

「お、わかるのか」

「わかります」

どこか嬉しそうなオズワルドに対し、ローズマリーは冷ややかな口調でそれを肯定した。隣のナサニエルが何かに気付いて居心地の悪そうな表情になるが、オズワルドはそれに気付かなかったようだ。むしろ、ローズマリーの方がそれに気付き、ふん、と鼻を鳴らす。

「この方が、クラレンス殿下の想い人なのでしょう？　それを、あなた……」

「ん？」

「もう！　しらばっくれないで。私、聞いたんだから……あの夜会の日、二人でこそこそと会っていたでしょ！」

ローズマリーが大声を上げると、さすがのオズワルドも彼女の言いたいことがわかったらしい。

「ま、待て待て……？　まさか、ローズマリー、俺が彼女と……？」

「だって、そうとしか思えなかったんだもの」

焦って立ち上がったオズワルドをにらみ上げて、ローズマリーはきっぱりそう言い放《はな》った。隣のナサニエルがあわあわと二人を見比べて蒼白になっているが、そんなことはお構いなしだ。

これまでに溜まっていた鬱屈《うっくつ》も手伝って、声が再び大きくなる。

「だから、クラレンス殿下のお話を窺《うかが》ったときも、なんか変な顔してたんでしょう！」

「ち、違う……！」

誤解だ、とオズワルドが言い募《つの》る。だが、ヒートアップしたローズマリーは止まらない。立ち上がると、オズワルドに顔を近づけて糾弾《きゅうだん》し始めた。

「書庫に行く回数も妙に多かったし、なんかウキウキしてたし、それに最近……っ」

「だーかーら、誤解だって……！」

「そ、そうですよ……妃殿下、オズワルド殿下と私は、誓ってそのような関係ではありません！」

興奮しすぎたためか、ローズマリーの言葉が詰まった。そこへ、二人が畳みかけるようにして身の潔白を主張する。

最初はそれを疑いの眼差しで見ていたローズマリーだったが、二人の――特にナサニエルの表情のあまりの切実さに、自分の考えが間違っていたのでは、と思い始めた。

「……でも、ナサニエルが女性なのは間違いないのよね？」

「そうだ……ああ、もう……あの夜会のとき、本当は引き合わせるつもりだったんだけどなあ」

ぼりぼりと頭を掻《か》いたオズワルドが、談話室の椅子に腰を下ろす。深いため息をついた彼は、ローズマリーとナサニエルにも座るよう促《うなが》した。

ちらり、と隣のナサニエルの表情を窺《うかが》うと、彼――いや、彼女？　は、何かを諦めたような顔をしている。

「えーと、まず、ナサニエル――本当の名前は、ナタリー・ガーランド。ガーランド伯爵家の長女で、まあ、見ての通りここで司書官をしている。男として」

俯《うつむ》いたナサニエル――いや、ナタリーが、オズワルドの言葉に頷いた。それを確認して、オズワルドが話を続ける。

「まあ、つまり兄上の想い人は、男じゃなくて女だったってことだ」

「そう……なるわね……？　じゃあ、なんで言わなかったの？」

ローズマリーのもっともな疑問に、オズワルドが苦笑する。

「仮にも伯爵家の娘が、男と偽って働いているんだぞ？　何か事情があると思うだろう……まあ、実際事情があったわけなんだが」

そこで、オズワルドはいったん言葉を切った。喉が渇《かわ》いたのか、きょろきょろと周囲を見回すと、入口の傍の水差しに気付いたようだ。

三人分を用意して戻ってくると、オズワルドはその中身を一気に飲み干した。叫びっぱなしで喉が渇《かわ》いていたローズマリーも、それに口をつける。

ナタリーだけは、俯《うつむ》いたまま微動だにしなかった。

「それでもまあ、兄上はともかく、ローズマリーには言っておこうと思ってたんだが……」

「だが？」

「戻ったら、もう部屋に帰ったっていうからさ。言うタイミングを失った」

ああ……とローズマリーは呟いた。きつく締《し》めすぎたコルセットのことを恨む。

オズワルドの言葉に嘘がないことは、冷静になってみれば簡単にわかること。今はただ彼を疑ったことが恥ずかしい。

ごめんなさい、と小さな声で呟くと、オズワルドがふっと笑った。

「まあ、そのあとも、ナタリー嬢の気持ちを確かめたりとか……あと、家の問題もいろいろ……そうだ、ナタリー嬢、弟ぎみの病の件だが」

思い出した、というようにはっとした顔つきになったオズワルドは、ナタリーに向き直る。突然話の矛先が弟に向いて驚いたナタリーが顔をあげた。

「ナサニエルの……？」

「ああ、医師に診てもらっているのに一向に良くならない、という話を聞いて……悪いが、エイブラムに信頼できる医師を、ガーランド家に派遣してもらったんだ」

初耳だったのだろう、ナタリーが目を見開く。彼女に向かって、オズワルドが笑みを浮かべた。

「ナサニエルを診てくれていた医師は、どうもヤブ医者だったようだな。エイブラムの報告によれば、ナサニエルの病によく効く薬がある。これまでと変わらない診療費で、充分に回復が見込める、と言ってくれたそうだ」

「まさか、そんな……！　ほ、本当ですか……⁉」

がたん、と椅子から身を乗り出したナタリーが、オズワルドの肩を掴んで揺さぶる。それに苦笑を浮かべながらも、オズワルドはしっかりと頷いて見せた。

「じゃあ、問題はもう解決したということ？」

「いえ……我が家は、その……」

ローズマリーが尋ねると、ナタリーが再び表情を暗くした。だが、それにはオズワルドが笑って手を振る。

「借財のことなら、それはもう兄上にでも任せておけばいい。幸い、領地の方は復興が軌道に乗り始めているようだし……」

「で、でも……それでは……」

さらに渋るナタリーに、ローズマリーは無邪気に問いかけた。

「ナタリーさまは、クラレンス殿下のことは、好きというわけではないの？」

「そ、それは……！」

問われたナタリーが、顔を真っ赤にする。その反応は、どんな言葉よりも雄弁に彼女の気持ちを表していた。

にこりと笑ったローズマリーが、ナタリーの赤い頬をつつく。

「じゃあ、問題なんかないじゃない。いいのよ、どうせクラレンス殿下だって借財のことなんか気にしないわ。お義母《かあ》さまもお義父さまも、クラレンス殿下の選んだ方には文句をつけたりしないし……」

「ほ、ほかの重臣の方々は……」

「うーん、兄上が一生独身を貫《つらぬ》くよりは、マシだと思ってくれるんじゃないかな」

逃げ道を塞《ふさ》がれて、ナタリーが呆然《ぼうぜん》とする。だが、はっとしたようにオズワルドに向き直ると、焦ったように口を開いた。

「で、でも……でもですよ？　クラレンス殿下は、その……ナサニエルの姿の私を……」

「いやあ……それなんだけどさあ。兄上は結局、ナタリー嬢の、女性の姿でも目を留めたじゃないか。きっとそれは、やっぱり『きみ自身』を好ましく思ったからじゃないかなあ」

オズワルドの言葉に、ローズマリーも「そうねえ」と相槌を打つ。

もじもじと指先を捏《こ》ね合わせ、頬を染めたナタリーの肩を叩いたオズワルドは、明るい笑い声をあげた。

第四話　世はなべてこともなし

昼過ぎの別棟の居間には、ローズマリーの胸に抱かれ、きゃっきゃと笑うウィルフレッドの明るい声が響いていた。それを眩《まぶ》しそうに見つめているのは、オズワルドに呼び出されたクラレンスだ。

「ウィルフレッドは本当にかわいいな……」

指先をウィルフレッドに握らせたまま、クラレンスはうっとりとそんなことを呟く。ただ、やはり悩んでいるのだろう。目元にはうっすらと隈が浮かんでいた。

「ああ、兄上、お待たせしました」

「オズワルド、いいや、ウィルフレッドに遊んでもらっていた」

遅れて姿を現したオズワルドに、クラレンスはそう言うと片目をつぶってみせる。その瞬間を狙ったかのように、ウィルフレッドが彼の指を強く引っ張ると、口の中へ入れてしまった。

「まあ、ごめんなさい、殿下……」

「いや、大丈夫。元気だな、ウィルフレッド……」

ローズマリーの差し出したタオルで指を拭《ぬぐ》ったクラレンスは、オズワルドに手招きされて彼の正面に腰を落ち着ける。

「で、話ってなんだい？」

「ナタリー嬢のことですよ」

オズワルドの言葉に、クラレンスの表情が一気に曇《くも》った。それを見たオズワルドが口元をゆがめたが、気が付いたのはローズマリーだけのようだ。

——だめよ、笑っちゃ……

クラレンスがここのところ、ナタリーを妻に迎えるのかどうか、国王夫妻から散々問い詰められていることをローズマリーは兄から聞いている。何せ、あの夜会でクラレンスが踊ったたった一人の令嬢なのだから、国王夫妻の興味を引くのは当たり前。

その側近であるブラッドリーは、国王の命で独自にナタリーを調査していたようだ。昨夜ひっそりと呼び出した際にこちらの情報を開示すると、ほっと息をついていた。

——あとは、クラレンス殿下次第よ……

緩《ゆる》みそうになる口元を引きしめて、ローズマリーもクラレンスの顔を見る。はあ、と重いため息をついたクラレンスが口を開いた。

「お前もか……」

「まあ、俺にとっては友人の姉のことでもありますから、気になりますよ」

そうだよな、とクラレンスは力なく呟いた。

「どうなんです？　ナタリー嬢を妃に迎える決心はつきましたか？」

「……それが、一番いいのはわかってるんだ」

重たい口調で、クラレンスがオズワルドの問いに答える。悩ましげに首を振った彼は、大きく息を吸い込むと背もたれに身体を預けた。

そこへ、ローズマリーが口を開く。

「ねえ、殿下。私にいい案があるのですけれど」

目を閉じていたクラレンスが、その言葉に驚いたように目を見開いた。体を起こし、若干前のめりにローズマリーに詰め寄ってくる。

「どんな案だ？」

「どちらも、お選びになればいいのです。ナタリー嬢を王太子妃にお迎えになって、ナサニエル殿には愛人になっていただければいいじゃありませんか」

ローズマリーのその提案に、クラレンスの顔色がみるみるうちに真っ赤になった。ローテーブルをばん、と強く叩き、勢い良く立ち上がる。ウィルフレッドがそれに驚いて泣き始めたが、クラレンスはそれを気にすることなく声を荒らげた。

「そんなことができるはずないだろう……！　そんなことをするくらいなら、僕は一生涯独身のままでいい……！」

「本当に？」

「その方がどれだけマシか……！　僕は、二人とも――僕にとって大切な人だと思っている。二度とそんなことを言うな！」

「……ですって」

おお、よしよし、伯父上こわいでちゅね、と呑気《のんき》な声を出してローズマリーが泣き出したウィルフレッドをあやし始める。その隣で、オズワルドが突然声を上げて笑い出した。

「なっ……」

「いえいえ、兄上。失礼を申し上げました。ローズマリーにそう言うように指示したのは俺です」

そう言って頭を下げると、オズワルドは「入って」と扉に向かって呼びかけた。静かに開いた扉から現れたのは、ナタリーである。

「も、申し訳ございません、クラレンス殿下……」

「え、な、ナタリー嬢……？」

そう言って深々と頭を下げたナタリーに、クラレンスが驚いて駆け寄る。どうした、と声をかけたその声音が優しくて、ローズマリーの口元に笑みが浮かんだ。

きっと、この二人ならうまくやっていけるだろう。

「さ、二人ともお座りになって。今、ゆっくりと事情をご説明いたしますから……」

すっかり機嫌を直したウィルフレッドにも微笑みかけ、ローズマリーは二人を促《うなが》した。どういうことか、と困惑を隠せないクラレンスだったが、さすが王太子。きちんとナタリーをエスコートしてソファに座らせる。

「さて、話せば長いのですが――」

オズワルドが口火を切る。クラレンスはどんな反応を示すだろうか。ナタリーはきちんと自分のことを告白できるだろうか。

――まあ、うまくいくわよ。

なんだかんだ言って、お互い好き合っているのだから。

「……な、なんだって……!?」

クラレンスの驚愕の声を聞きながら、ローズマリーはウィルフレッドに向かって「ねー」と呟くと、にっこりと微笑んだ。

「――で、まあ……兄上のことは、これでおおよそうまくまとまったわけだが」

夜、夫婦の寝室で、オズワルドはそう不満気に口を開いた。

昼間、ナタリーの事情を聞いたクラレンスは驚きながらもそれを受け入れ、彼女を妻にする決意を固めたところである。問題は多少あるが、クラレンスほど優秀な王太子であればそれを片付けるのにそれほど苦労はしないはずだ。

――これから、少し忙しくなりそうね。

喜びとともに、そんな感慨が胸の内に湧き上がってくる。

だというのに、オズワルドは唇を尖《とが》らせて拗ねた表情を浮かべていた。

「ええ、よかったわよね」

「うん、それはよかったんだけど」

じり、とオズワルドがローズマリーとの距離を詰めた。

――あ、あら……？

なんとなく不穏な空気を感じてじりじりと後退しようとしたローズマリーの腕が、いつの間にか捕まえられている。目の前に、不機嫌そうなオズワルドの顔が迫ってきて、ローズマリーは息を呑んだ。

——え、何？　何か……怒ってる……？

問題はすべて解決できたし、オズワルドの浮気もなかった。ローズマリーとしては、これでやっとなんの憂《うれ》いもなくゆっくり眠れる。そういう気分だったのだが。

「……なんで、俺が浮気してるなんて思ったんだ？」

「あ、そこ……」

ローズマリーは、笑みを浮かべようとして失敗した。口の端がひくりとひきつり、背中に冷たい汗がじわりと浮いてくる。

——い、言えないわよ……

浮気を疑ったのは、あのお茶会で聞いたどこぞの夫人の言葉がきっかけだったが、実のところ、それはローズマリーの胸の中にあった疑惑を後押ししたに過ぎない。

書庫に行く回数が多いだとか、気もそぞろなときが多かっただとか、そういうことも、だ。

ローズマリーを一番不安にさせていたのは、オズワルドがまったくローズマリーに触れてこない、そのことだった。

「その話なら、この間したじゃ……」

「いいや、あれくらい、これまでとそう変わらないだろ？　ほかに何か、あるんじゃないか？」

——オズワルドのくせに、鋭い……

どうやら、誤魔化しは効かないらしい。そして、オズワルドは理由を聞くまでローズマリーを解放する気はなさそうだ。

はあ、と小さなため息をついて、ローズマリーは覚悟を決めた。

「……あの、ね……私、その……太ったでしょう……？」

「あ？　んー、まあ……けど、子どもを産んだんだ、それくらい……」

「だ、だって……！　オズワルドも気になってたんでしょ？」

ローズマリーの言葉に、オズワルドの視線がちょうど腰――つまり、自分が気にしているあたりに注がれたのを感じて、腕で隠す。ちょっと泣きたいくらいの気持ちで放《はな》った台詞に、オズワルドが首を傾《かし》げた。

「いや、前よりもこう……抱き心地が柔らかくて……いいな、と」

「やわ……え、ええっ⁉」

腕が伸びてきて、腰の肉を摘《つ》まれる。そのままむにむにと感触を楽しむように揉まれて、ローズマリーの顔に熱が集まった。

「だ、だって、だって……」

腕を跳ねのけることも忘れて、おろおろと周囲を見回す。だが、それで現状が変わるわけもなく、オズワルドが何故か満足そうな顔をしていることで、混乱と羞恥が一度に襲《おそ》ってきた。

「こっ……これが気になるから……だから、オズワルドは……その、夫婦生活も……」

そこまで口にしてしまって、ローズマリーは慌てて口を押えた。だが、オズワルドにはばっちり聞こえてしまっている。

へえ、と小さな呟きとともに、彼の口元がにんまりと弧を描いた。

「したかったんだ？」

「そ、そういうことじゃ……！」

恥ずかしさにいたたまれなくなって、ぷいと顔を逸《そ》らす。だが、オズワルドはするりと手を背後に回すと、優しくローズマリーを抱きしめた。

耳元を唇が掠《かす》め、熱い息がくすぐっていく。

「俺は、したかったけどな……」

「っえ、ええ……？」

身をすくめたローズマリーの背中を、オズワルドの手のひらが撫でる。それがだんだんと不埒《ふらち》な動きを見せ始め、背中にぞくぞくとした感覚が這《は》いあがってきた。

ん、と小さく漏《も》れた声は、きっとオズワルドの耳にも届いたのだろう。ローズマリーの耳元で、彼が小さく笑ったのがわかる。

「医師にはいい、と言われたけど……やっぱりさ、無理させるのはどうかな、と思って遠慮してたんだ。けど、ローズマリーがその気なら……いいよな？」

「べ、別にその気なんかじゃ……」

否定しようとした矢先、オズワルドの舌がローズマリーの耳朶を這《は》い、耳たぶに歯が立てられる。言おうとしていた言葉が霧散して、ローズマリーの唇からまた小さな——しかし、明らかな嬌声《きょうせい》が漏《も》れた。

いつの間にか裾《すそ》から侵入した手が太ももを這《は》い、ゆっくりと撫でていく。

「ん、あ……オ、オズワルド……」

「まったく、思い込みが激しくて、素直じゃないところは……治らないなあ」

どこか楽しそうに、オズワルドが囁《ささや》く。その声にローズマリーが首を振ると、今度は笑い声が聞こえてきた。悔しくなって、ローズマリーも反撃を試みる。

「そ、そっちこそ……言葉足らずじゃないの……」

「そうだな」

必死の反撃は、オズワルドの苦笑に受け流された。一度離れた手がローズマリーの頬を撫で、顔を上げたオズワルドが、瞳を覗き込んでくる。

――相変わらず、綺麗な色してる……

寝室の薄い明かりの下でも、オズワルドの瞳の色は変わらず深い海を思わせる。それがゆっくりと細められ、そっと近づいてきた。そうすると、習慣のようにローズマリーも瞳を閉じて、それを受け入れてしまう。

小さく音を立てる軽い口付けが何度か降ってきたかと思うと、それはやがてくちゅくちゅと淫《みだ》らな音を立てる深い口付けに変わって、ローズマリーを溶かしていく。指先が身体の線をなぞり、腰のあたりを何度も行き来した。その愛おしむような手つきが、素直に嬉しい。

自分が一人で思い悩んでいたのが馬鹿らしく思えるほど。

「俺にとって、ローズマリーは大切な人だから……」

口付けの合間に、オズワルドが囁《ささや》きかける。

「だから、大切に大切に、扱ってるつもりなんだぞ、これでも」

「うん……」

本当は、わかっていた。ゆっくりと手を伸ばしたローズマリーは、彼の寝間着《ねまき》に手を伸ばしてぎゅっと握りしめる。

「ごめんね……疑ったりして……」

「……いや、いいよ……今度からは、疑う余地もないほど、めいっぱいしてやるから」

――ん？

オズワルドの言葉に、ローズマリーは目を見開いた。そういうことじゃない、と開きかけた唇を、またオズワルドに塞《ふさ》がれる。

――今、そういう流れじゃなくなかった……!?

だが、ローズマリーが呑気《のんき》に考え事ができたのは、ここまでだった。

唇を合わせたまま、オズワルドの器用な指先が寝間着《ねまき》のボタンを外していく。あ、と気付いたときにはもう、筋張って少し硬い手のひらが寝間着《ねまき》の中に侵入してローズマリーの胸を包み込み、優しく揉み始めていた。

久しぶりの感触に、一瞬身体がびくりと震える。あっという間に胸の先が尖《とが》ってじんじんとした痺《しび》れが生まれ、ローズマリーの頬が熱くなった。

「んっ、まっ……」

あまりにも淫《みだ》らな自分の身体の反応が恥ずかしくなり、慌ててオズワルドを止めようとする。けれど、それよりも先にオズワルドの指がそこを摘《つ》まみ、くりくりと捏《こ》ねだした。

「やっ、オズ、オズワルドぉ……ん、んっ」

「相変わらず、ここ、弱いなあ……」

にや、と笑みを刷《は》いた唇がローズマリーの耳元でそう囁《ささや》く。その吐息にさえ感じてしまって、ローズマリーの唇から小さな喘《あえ》ぎ声が漏《も》れた。

硬く尖《とが》った乳嘴の感触を楽しんでいるかのようにオズワルドの指が柔らかく、時に強く刺激を与え、そのたびにローズマリーが身悶《みもだ》えする。まだそこにしか触れられていないというのに、腹の奥が熱く疼《うず》いて、とろりと蜜のこぼれる感触がした。

「は、あっ……」

「それにしてもさあ」

親指と人差し指だけでローズマリーを翻弄《ほんろう》しながら、手のひらで胸をたぷんと揺らしたオズワルドが呟く。

「んっ、なっ、何……」

「なんか……前よりさ、大きくなってない、ここ?」

「……なっ、あ、当たり前、ん、んっ」

ウィルフレッドに乳をやるために、大きくなったのだ。決して太ったからではない。そう答えたかったが、先端をきゅっと摘《つ》まみ上げられて、その言葉は途中で空に消えた。いつの間にか顔を近づけたオズワルドが、摘《つ》まんだ先端に唇を寄せたかと思うと、舌を出してそこを舐《な》める。

「……甘い匂いがするから、もっと甘いのかと思ったけど……そうでもないんだな」

「な、ば、馬鹿ぁ……！」

どうやら、滲《にじ》み出た母乳を舐《な》めとったらしい。そう気が付いて、ローズマリーの身体がかっと熱くなる。赤ん坊の——ウィルフレッドのためのものなのに、オズワルドの口にそれが入った、という事実が堪《こら》えようもなく恥ずかしい。

だが、それとは裏腹にオズワルドの声音はどこか感慨深げなものだった。

「不思議だよなぁ」

そう呟くと、オズワルドはぱくりと頂《いただき》を口に含み、ちゅうっと吸い上げる。舌先が膨らんだ乳嘴の先をちろちろと舐《な》めると、ローズマリーの唇から高い声が漏《も》れた。これをされると、ローズマリーは弱い。あっという間にわけがわからなくなるほど感じてしまう。そして、彼はそれを充分に知っているはずだ。

「あ、やっ、やぁ……っ、ん」

体中がびりびりする。目の前がチカチカして、口からは意味のない言葉しか出てこない。もう片方を指で捏《こ》ねられ、指の先にカリカリと引っかかれると、ローズマリーは快感に涙を浮かべて身悶《みもだ》えした。

腰が跳ね、腹の奥からじゅんっと蜜のこぼれる感覚がする。じんじんとした疼《うず》きがおさまらなくて、思わず足を擦《こす》り合わせた。

その瞬間、口に含まれていた胸の先に軽く歯を立てられ、目の前が白く霞《かす》む。大きな波がうねりとなって襲《おそ》ってきて、攫《さら》われそうになる。

——い、いや……こわい……

とっさに唇を噛みしめ、ぎゅっと目を閉じて、ローズマリーはなんとかそれを堪《こら》えようとした。久しぶりだからなのだろうか、どこかに流されてしまいそうなその感覚に恐ろしさと心細さを感じてしまう。

縋《すが》るものが欲しくて、すぐ手の届く場所にあるオズワルドの寝間着《ねまき》をぎゅうっと握りしめる。カタカタと手が震え、ぎゅっと心臓が縮みあがるような感覚。それなのに、高まった身体は、もうじきその頂《いただき》に押し上げられそうになっている。

相反する心と体に、ローズマリーはひどく混乱してきた。

「や、こわ、あ、あっ、だ、だめ、こわ……ッ」

「大丈夫、ほら、こっちにつかまって」

切れ切れに発したローズマリーの訴えに気付いて、オズワルドは顔を上げると優しく微笑んだ。噛みしめた唇に口付けを落とし、ゆっくりと髪を撫でて落ち着かせようとしてくれる。そうしながらも、器用に片手で寝間着《ねまき》を脱ぎ去ると、オズワルドはローズマリーの手を握り、自分の肩にそれを置かせた。

直《じか》に触れた彼の肌は、とても熱い。じんわりと汗をかいているのか、少ししっとりとしていた。

その温もりに、ローズマリーがほっと息をつく。

目尻に浮かんだ涙をちゅっと吸い取ったオズワルドが、もう一度ローズマリーの髪を撫でて唇を合わせてきた。

「な、ほら……怖くない」

「ん……」

そうだ、怖がることなどないはずだ。オズワルドは恐ろしいことはしない。嫌がるようなことも。それを、自分はよく知っているのだから。

ぎゅうっと彼の身体にしがみついて口付けに応《こた》えると、それはより深く慈しむようなものに変わっていく。オズワルドの手もローズマリーを包み込むように回されて、それからぎゅっと力を込めて抱きしめられた。

舌を吸われ、甘く噛まれると、ローズマリーの口から小さく吐息が漏《も》れる。その吐息ごと呑み込むかのように、オズワルドの口付けは段々と激しさを増していった。

くちゅくちゅと舌を絡め合う小さな水音が、ローズマリーの耳の中でこだまする。

しっかりと抱き合っているから、オズワルドの鼓動が直接感じられた。それが少し早く強いように思えるのは、彼も緊張しているからなのか、それとも興奮しているからなのか——あるいは、その両方か。

「オズワルド……」

離れた唇の間を、銀の糸が繋いでいる。それを舐《な》めとる彼の仕草が艶《なま》めかしく見えて、どきりと心臓が跳ねる。先程まであの舌が、胸の先を弄《もてあそ》んでいたのだと思うと、じんじんとそこが疼《うず》いて仕方がない。物欲しげなローズマリーの視線に気付いたのか、オズワルドがにやりと笑って口を開いた。

「続き、して欲しくなった？」

「うっ……」

こつん、と額を合わせ、オズワルドはにやにやしながらローズマリーにそう問いかけてくる。息を呑んだローズマリーの肩をそっと撫でたオズワルドの指先は、鎖骨をたどり、胸の膨らみをつんとつつく。けれど、それ以上先へは進んでこない。

ローズマリーの答えを待っているのだ。

──もう、わかってるくせに……

もう少しで高みに昇《のぼ》るところだった身体は、オズワルドに優しく触れられて疼《うず》いている。恐ろしさはもうない。

答えの代わりに、ローズマリーは自分の身体をオズワルドに擦《こす》り寄せた。そうすると、彼の中心が酷く熱を持ち、硬くなっているのがわかる。ん、と小さく呻《うめ》いたオズワルドがかわいく思えて、ローズマリーの口元に笑みが浮かんだ。

「オズワルドこそ……」

膝を立て、オズワルドの硬いものをくっと押してやる。こんな風にローズマリーを求めて身体を熱くしているくせに、よくもまあ余裕ぶっていられるものだ。

少しだけ意地悪な気分になってオズワルドを見上げたローズマリーは、ひゅっと息を呑んだ。深海を思わせる青い瞳が、じっとローズマリーを見おろしている。そこに浮かぶのは、ぎらぎらとした欲望を隠さない、熱い光だ。にやりとした笑みを浮かべたオズワルドは、視線を逸《そ》らさぬままに口を開いた。

「……どうやら、手加減はいらなさそうだな？」

「あ、え……っ、ん、や……、まっ」

「もう、待っては聞かない」

再び胸の頂《いただき》にかぶりついたオズワルドが、その舌でねっとりと硬い粒を押し潰し、吸い上げる。それと同時に足の間に指が潜り込み、蜜口を撫でた。

すでにたっぷりと蜜をこぼしていたそこは、くちゅんと淫《みだ》らな音を立て、その指を呑み込もうとひくついている。ふ、と小さく笑みをこぼしたオズワルドは、蜜を指に絡ませるとその上にある小さな粒をそっと撫でた。

「ん、や、やっ……だ、だ、あ、あ……ッ」

とたんに、びりりと強い快感が脳天まで突き抜ける。オズワルドが指を動かすたびに、お腹《なか》の奥がきゅうきゅうと縮み、中から蜜が溢《あふ》れ出ていく。二か所を同時に責められたローズマリーは、あっけないほど簡単に高みへ押し上げられた。

ぬるりと滑る指が花芽を摘《つ》まみ、くにゅりと捏《こ》ねる。同時に胸の先を甘噛みされて、ローズマリーの腰が浮いた。もう自分でも制御できない。

がくがくと身体が震え、目の前が白くなっていく。その感覚の強さは、先程の比ではない。彼の肩に置いた手にぎゅっと力が籠る。爪の先が食い込んだのか、オズワルドが一瞬身体をこわばらせたが、そうとわかっても力を抜くことができない。

「やっ、あ、あっ……だめ、きもち、いっ……や、いい、の……っ！」

自分でも、何を言っているのかわからないまま、ぎゅっと身体全体が縮んだような感覚に陥る。次の瞬間、視界が白く弾《はじ》け、身体がどこかに行ってしまったかのような強い浮遊感が訪れた。

「ん……もうイったのか……？」

くったりと力の抜けたローズマリーの身体を、オズワルドが優しく撫でた。涙でぼやけた視界に何かが近づいた、と思うと唇に口付けが落ちてくる。

労《いたわ》るように髪を撫でられ、うっとりとその口付けに応《こた》えたローズマリーは、不意に訪れた感覚にびくりと身体を竦《すく》ませた。

——こ、これ……指……？

とろとろに蕩《とろ》け切った蜜口に、浅く侵入してくる何かの感触。それがオズワルドの指だ、と気が付いて、ローズマリーは彼の顔を見上げた。

視線の先には、まだぎらぎらとした光を浮かべた青い瞳がある。

「っ、あ……」

ローズマリーが息を呑んだ瞬間、ぬるり、と長い指が中へ潜り込んできた。その指を歓迎するかのように、きゅうっと中が収縮する。

「すご……狭いな……久しぶり、だからか？」

感触を確かめるように、中を指がぬるぬると動く。それがなんだかもどかしい。ん、と息を吐くと、オズワルドはまた唇の端をあげて呟いた。

「そんな顔して……もう、中に欲しい？」

「なっ……」

「だって、腰が揺れてる」

にんまりと笑ったオズワルドに指摘され、ローズマリーの頬がかっと熱くなる。違う、と首を振ってはみたものの、身体の反応は隠せない。きゅ、と中が疼《うず》いて、指を締《し》め付けてしまったのが自分でもわかる。

目を細めたオズワルドが、ローズマリーの感じやすい部分を指の腹で押すと、途端に身体が跳ねた。

「う、あ、あっ」

「相変わらず、ここも弱いな……」

ぺろ、と唇を舐《な》めるその仕草が艶《なま》めかしい。胸がどきどきして、そして身体がどんどん熱くなる。先程達したばかりで敏感になっていた身体は、またしても容易《たやす》く火をつけられて高みに昇《のぼ》らされようとしていた。

中の良い場所を擦《こす》られ、花芽をくにくにと捏《こ》ねられる。火花が散るような快感に背がしなり、ローズマリーの唇からはまた嬌声《きょうせい》がこぼれた。

けれど――もう少しで頂点へと昇《のぼ》れそうなところで、あっさりとオズワルドは指をひき抜いてしまう。

「んっ、なんでぇ……？」

「も、俺が限界……」

寝間着《ねまき》のズボンの紐を緩《ゆる》めると、下穿きごとずるりと引き下げる。そこから現れたのは、腹につきそうなほどに反り返った肉茎だ。先端から透明な雫が滲《にじ》みだしていて、ひくり、と蠢《うごめ》いている。

久しぶりに目にしたそれはあまりにも大きく見えて、ローズマリーは思わず首を振った。

「そ、そんなの、は、はいらな……」

「何言ってるんだよ。入るさ……何度も、ここに挿《い》れただろ」

肩をすくめたオズワルドが、ローズマリーの下腹に手を置いてにやりと笑う。

「それに、ウィルフレッドだってここを通ったんだぞ」

「ば、馬鹿……」

器用に片目を閉じて見せたオズワルドの腕を、ローズマリーはぺちんと叩いた。こういうときに、言わないでほしい。はは、と小さな笑い声をあげて、オズワルドはそのローズマリーの腕を捕まえた。

「さ、大丈夫だから……な？」

優しい囁《ささや》き声とともに、口付けが降ってくる。ちゅ、と短く触れると同時に、オズワルドの猛《たけ》りが蜜口に添えられた。

馴染ませるように二、三度擦《こす》り付けられたかと思うと、くぷん、とひだをかき分けて浅く侵入してくる。

「な、ローズマリー……」

「ん……」

もう、答えなんかわかりきっているくせに。オズワルドはこうして、ローズマリーが頷くのを待っている。大切にされているようで、心の奥がきゅうっとなる。

こくん、と小さく頷くと、オズワルドはにっこりと微笑んでもう一度口付けを降らせてくる。

ぐっと中にオズワルドの挿ってくる感覚がして、ローズマリーは小さく体を震わせた。

「あ、あっ……お、オズワルド……っ」

「ん、ローズマリー……」

みっちりと埋め込まれた熱塊の感触に、ローズマリーがため息を漏《も》らす。オズワルドも眉間にしわを寄せ、何かを堪《こら》えるように緩《ゆる》く首を振った。

「すご、きつ……」

そう小さく呟いたかと思うと、腰をぐっと掴まれる。一気に腰を引いたオズワルドが、叩きつけるようにして抽送《ちゅうそう》を始めた。ばちゅん、と肌と肌がぶつかる音が何度も響き、結合部からはぐちゅぐちゅと卑猥な音が絶え間なく聞こえてくる。

「や、あ、はげしっ……ん、あっ」

「あー、無理、もう……無理……」

うわごとのようにそう呟くオズワルドの額には、玉のような汗が浮かび、流れ落ちていく。揺さぶられるままにその熱を受け止めて、ローズマリーの唇からはあられもない嬌声《きょうせい》だけがこぼれ落ちた。

目の前に小さな星が散って、頭がくらくらする。中の感じやすい場所をごりごりと擦《こす》られ、頭の先まで突き抜けるような快感が絶え間なく襲《おそ》う。

「う、ローズマリー、そんな、締《し》めたら……っ」

低く呻《うめ》いたオズワルドが、ぎゅうっと腰を押し付けてくる。身体の一番奥をえぐられて、ローズマリーの視界が白く弾《はじ》けた。

「あ、あぁ……っ」

びゅく、と彼の欲が放《はな》たれる感触がする。それを受け止めながら、ローズマリーは彼の身体にしがみつき、うっとりと微笑んだ。

「ほら、飲めるか？」

「……ん、ありがと……」

渡されたグラスの水は、ひんやりとしている。火照った身体に染み入るようだ。一気に飲み干して一つ息をつくと、ローズマリーはサイドテーブルにそれを置き、オズワルドを見上げた。

「どうした、どこか辛いか？」

「ううん……」

労《いた》わりに満ちた手が、ローズマリーの頬を撫でる。結局あれから二度ほど、おさまりがつかないと言ってローズマリーを貪《むさぼ》ったオズワルドは、さすがにやりすぎたと思ったのだろう。ぐったりとしたローズマリーの身体を丁寧に清め、こうして甲斐甲斐しく世話を焼いてくれる。

――なんで、こんなに元気なのかしら……

これが、体力の差というやつだろうか。小さくため息をつくと、すべて片付け終えたオズワルドがごそごそと寝台に潜り込んで肩に手を回してきた。そうして、頬にかかった髪を払うと、軽く触れるだけの口付けを落としてくる。

「疲れたろ」

「ん……」

優しく頭を撫でられて、ローズマリーはその手の感触にうっとりとため息をついた。こうされていると、不思議なほどに愛されている、という実感がわいてくる。

本当は、こうしてただ触れ合うだけでよかったのかもしれない。最近は、自分が太ったことを気にして触れ合うこと自体を避けていたから。

「ん、オズワルド……」

隣に彼がいることで安心したのか、急速に眠気が襲《おそ》ってくる。ふわふわとした意識の中で、オズワルドがかすかに笑ったような気がした。

「ほら、もう眠いだろ……寝ておけよ」

「うん……」

でも、これだけは伝えておかなくては。オズワルドの暖かな胸元に頭を擦《こす》り寄せながら、ローズマリーは小さな声で呟いた。

「大好き……オズワルド、愛してる……」

うん、俺も、という彼の声が聞こえたような気がする。それに満足して、ローズマリーは微笑みながらゆっくりと眠りに落ちていった。

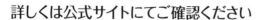

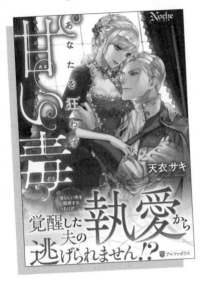

Noche ノーチェ

甘　く　淫　ら　な　恋　物　語

ノーチェブックス

モテ騎士は
若妻に夢中♥

ひきこもり令嬢でしたが
絶世の美貌騎士に
溺愛されてます

砂城《すなぎ》
イラスト：めろ見沢

日本の「喪女」ＯＬだった前世の記憶があるヴァレンティナ。それを理由に婚約破棄された彼女はもっぱら領地にひきこもっていた。ところが、ひょんなことから参加したパーティーでなぜか見目麗しい騎士に襲われてしまう!!　彼にも事情があったらしく、責任をとってヴァレンティナと結婚してくれたのだが…!?

詳しくは公式サイトにてご確認ください

https://www.noche-books.com/

携帯サイトはこちらから！

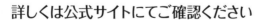

この作品に対する皆様のご意見・ご感想をお待ちしております。

おハガキ・お手紙は以下の宛先にお送りください。

【宛先】

〒150-6008 東京都渋谷区恵比寿 4-20-3 恵比寿ガーデンプレイスタワー 8F
（株）アルファポリス　書籍感想係

メールフォームでのご意見・ご感想は右のＱＲコードから、
あるいは以下のワードで検索をかけてください。
アルファポリス　書籍の感想　検索

ご感想はこちらから

本書は、「アルファポリス」（https://www.alphapolis.co.jp/）に掲載されていたものを、
改稿、加筆のうえ、書籍化したものです。

男色《だんしょく》（疑惑《ぎわく》）の王子様《おうじさま》に、
何故《なぜ》か溺愛《できあい》されてます!?

綾瀬ありる（あやせありる）

2021年 6月 30日初版発行

編集－本丸菜々・倉持真理
編集長－太田鉄平
発行者－梶本雄介
発行所－株式会社アルファポリス
〒150-6008 東京都渋谷区恵比寿4-20-3 恵比寿ガーデンプレイスタワー-8F
TEL 03-6277-1601（営業） 03-6277-1602（編集）
URL https://www.alphapolis.co.jp/
発売元－株式会社星雲社（共同出版社・流通責任出版社）
〒112-0005 東京都文京区水道1-3-30
TEL 03-3868-3275
装丁・本文イラスト－甲斐千鶴
装丁デザイン－AFTERGLOW
（レーベルフォーマットデザイン―ansyyqdesign）
印刷－図書印刷株式会社

価格はカバーに表示されてあります。

落丁乱丁の場合はアルファポリスまでご連絡ください。

送料は小社負担でお取り替えします。


ISBN978-4-434-28984-2 C0093